THE FAMOUS FIVE
“五个小侦探”丛书

Enid Blyton

幽灵·火车

FIVE GO OFF TO CAMP

[英]伊尼德 · 布莱顿——著
黄林涛——译
王珏——绘

漓江出版社
·桂林·

布莱顿与两个女儿在一起

伊尼德·布莱顿

（Enid Blyton，1897—1968）

英国著名儿童文学作家。早年受过幼儿师范教育，后从事教育报刊工作。她为各种年龄的儿童写了600多部作品，在英语世界拥有成千上万的粉丝。她是英国国宝级的童书大王，她的书是“哈利·波特之母”J.K.罗琳的启蒙读物。在欧洲，她的书被公认为最让家长放心的课外读物；在全球，她的书被翻译的数量超过安徒生和莎士比亚。2008年，她击败J.K.罗琳、简·奥斯汀、莎士比亚，被评选为“英国人最爱的作家”。代表作有《诺迪》、“五个小侦探”丛书等。

“五个小侦探”丛书创作于1942年，原先只打算写6部，结果问世后大受读者欢迎，到1953年共写了21部才打住。小说后来在报刊上连载，还被拍成电视剧，热心读者还建立了“五个小侦探”俱乐部，交换不同的阅读感受。2009年，英国拍摄了一部布莱顿传记片，用白描的手法再现了她的一生。

编辑前言

一起来探险吧！

亲爱的小读者们，“五个小侦探”丛书第二辑终于与大家见面啦！

在 2020 年夏天的蝉鸣声中，我们走进了小侦探们惊险刺激而又温暖有趣的世界。“五个小侦探”是英国著名儿童文学女作家伊尼德 · 布莱顿的知名系列故事，共 21 本，讲述了四个勇敢机智的小朋友与一只狗狗的一系列探险经历，故事性、趣味性极佳，赢得了全世界无数家长与孩子的追捧与热爱。此前我们已推出第一辑，即该系列的前五本。但小侦探们的旅程远没有结束，这一次，我们继续为小读者们带来五个激动人心的探险故事。

时隔两年，大家是否还清晰地记着五个可爱的小侦探呢？还有第一次翻开这套丛书的新朋友们，你们的好奇心是否已被点燃？那就让我们一起来看看这个

特殊的“五人团”——古灵精怪的假小子乔治，沉着机智的大哥哥朱利安，调皮又细腻的狄克，以及善良温柔的小妹妹安；还有一只名叫提摩西的狗狗，它高大威猛，善恶分明，总能在关键时刻表现非凡。

四个小朋友每逢假期，便相约一起，在提摩西的陪伴下，愉快地开启一个个美好的度假计划。途中，他们总有非同寻常的遭遇，但不管遇到多么离奇的事件，陷入何种危险，小侦探们总能集思广益，各展所长，最终成功地解开谜题，逃离危险！

对小侦探们进行了一番介绍之后，让我们来看看第二辑的这五本书吧。

第一本，《重返宝岛》。复活节假期到了，小伙伴们在柯林度假。此时，乔治的科学家爸爸昆丁正在柯林岛做一项秘密实验，一旦成功就可以造福全人类。因此，他不能让任何人打扰他。可是，昆丁叔叔却在半夜听到咳嗽声，还发现了一截新鲜的烟头。他知道别人来不了小岛，因为熟悉航线的渔民接到禁令，不得带任何人上岛。那么，烟头是谁留下的？神秘岛客又是如何来到小岛的呢？

第二本，《幽灵火车》。愉快的暑假开始了，五个小侦探跟着拉菲先生来到荒原露营。荒原下有隧道，

经常有火车经过。孩子们发现山坳里有个废弃的火车调车场，看守人吐露，晚上有“幽灵火车”从废弃的隧道里开出开进。几个小伙伴按捺不住好奇的探险之心，决定去废弃隧道一探究竟……

第三本，《陷入大麻烦》。复活节期间，五个小侦探收拾好行囊，开始一场骑车之旅。然而，阴差阳错之下，狄克突然被人绑架，所有的快乐都化为险情。一切都是因为一个爱说大话、名为理查德的小男孩。其他的小伙伴决计解救狄克，他们会成功吗？

第四本，《冒险的经历》。昆丁叔叔和范妮婶婶到西班牙度假，五个小侦探留在柯林雅舍享受美妙的假期。一天晚上，有贼人闯入了昆丁叔叔的书房。不久，乔治和提摩西一起神秘失踪了。朱利安、狄克和安根据蛛丝马迹开始了追踪，并发现这件事与在海边遇到的流浪女孩乔有关……

第五本，《一次远足》。五个小侦探利用期中假，来了一次徒步远行，他们跋山涉水，玩得不亦乐乎。然而狄克和安因为夜里迷路而被迫借宿在一个破败农家，机缘巧合之下，狄克收到一个越狱犯人误传的口信以及一张纸条。根据这个口信和纸条，小侦探们会找到什么呢？

看到这里，小朋友们是不是已经迫不及待，想要翻开书本先睹为快了？我们还在文中给大家准备了小惊喜。这套外国文学读物的译者姐姐，很认真地为每本书制作了“主要人物档案”和“译名对照表”，方便小朋友们查阅；画家王珏老师为每个故事绘制了六幅生动的插图，相信一定能得到小朋友们的喜欢；每个章节结束后，还有一个“想想吧”，内含几个小问题，需要爸爸妈妈或者大哥哥大姐姐提问，小朋友们来回答，问题不难，一起来试试吧！

“五个小侦探”丛书是我们推出的诚意之作，在忠实于原著的基础上，力求为大家呈现原汁原味的情节。这套书打开了女作家布莱顿笔下的探险世界，希望能陪伴小朋友们走过一段幸福而有趣的时光，同时培养敢于斗智斗勇、乐于助人的美好品德。当然，这套书也同样献给永葆童心的大朋友们，愿你们也喜欢！

主要人物档案

高大健壮，有勇有谋，沉着冷静，是弟弟妹妹的主心骨

机智勇敢，调皮机灵，喜欢开玩笑

个性叛逆，不甘人后，富有冒险精神的假小子

善良懂事，喜欢厨艺、照顾大家的吃喝。胆小，爱哭鼻子

乔治的爱犬，跟四个孩子一起历险，是孩子们的忠实旅伴和保镖

目　录 | Contents

第一章　假期

“我们有两顶不错的帐篷、四块防潮布，还有四个睡袋。哎呀，提米咋办呢？它也要睡睡袋吧？”狄克笑着问道。

听到这里，另外三个孩子大笑起来，狗狗提米使劲地摔打着尾巴。

“你们看哪，”乔治说，“提米也在笑呢。它的嘴巴张得可大了！”

大家看着提米，它真的像是张着大嘴在笑呢，脸上只剩一张毛茸茸的大嘴了。

“提米真可爱，”安抱着狗狗说，“提米，你是世界上最棒的狗狗，是不是啊？”

“汪！”提米表示赞同，湿乎乎的舌头舔了舔安的鼻子。

四个孩子——朱利安、狄克、乔治和安正在忙着

筹划露营度假的事。朱利安长得高大健壮。乔治是女生，可不是男生哟，不过有人叫她的真名乔治娜时，她从不答应。她脸上长了雀斑，留着短短的鬈发，看起来的确更像男生而不是女生。

“爸爸妈妈让我们几个去露营，真是太好了，”狄克说，“去年暑假我们自驾马车出游，可谓惊心动魄，今年父母竟然还会同意我们去露营，我想都不敢想呢！”

“一起去露营的又不只是我们几个，”安说，“别忘了，有拉菲先生照看我们呢，他会在我们旁边露营。”

“嘁！拉菲老爷子！”狄克哈哈大笑，“他只要有宝贝昆虫可以研究，就不会操心我们，恐怕连我们在不在营地都不知道呢。”

“哎，我听老爸说，要不是拉菲也去露营，大人才不会让我们去呢。”安说。

拉菲先生是兄弟俩就读的那所学校的校长。他上了年纪，总是懵懵懂懂的，特别迷恋各种各样的昆虫。一看到他拎着装有昆虫的盒子出现，昆虫从盒子里爬进爬出，安就会躲开。兄弟俩喜欢他，觉得他很有趣，只是一想到要他照看兄妹几个，他们就觉得很可笑。

“说不定是我们照看他呢，”朱利安说，“他不是帐

篷倒了，没有水喝了，就是一屁股坐在鸡蛋上了。拉菲老爷子对虫子的世界那么着迷，跟我们压根儿不在一个频道上。”

“啊，只要他不来烦我们，他爱生活在昆虫的世界，就生活在昆虫的世界里好啦。”乔治说。她最烦管闲事了。“这么说，我们就要有一个超级棒的假期啰：在荒原上住帐篷，没人来烦我们，时间都由我们自己支配，爱怎么着就怎么着。”

“汪！”提米叫了一声，又甩了甩尾巴。

“它的意思是它也可以随心所欲，干它喜欢的事情，”安说，“提米，你打算去追赶好几百只野兔，对不对？在我们周围两英里的范围都是我们的地盘，谁敢靠近，你就冲他汪汪大叫！”

“好了，安，消停一会儿吧！”狄克说完重新拿起清单，“我们得继续核对清单，看看需要的东西是不是都备齐了。刚才我说到哪儿了？对了，四个睡袋。”

“没错，你想知道提米是不是需要一个睡袋。”安咯咯地笑着回答。

“提米当然不需要睡袋啦，”乔治说，“它还是睡在我的脚上。提米，对不对？”

“我们能不能给它准备一个小睡袋呀？”安问道，

“它从睡袋里露出脑袋会显得很可爱。”

“提米才不喜欢扮可爱呢！”乔治回答道，“狄克，继续。要是安再打岔，我就拿手帕堵住她的嘴。”

狄克继续核对清单。清单上列了做饭的炉子、帆布水桶、搪瓷碟子和水杯。每一件东西都要讨论一番，可有意思了，四个孩子乐此不疲。

“啊，像这样做度假计划就跟真的去度假差不多一样好玩，”狄克说，“呃，我想我们没忘记什么东西吧？”

“没忘。我们想要带的东西太多了！”朱利安回答，“不过没事，拉菲老爷子叫我们把东西放在他车后的拖车里。我可不愿意扛这些东西。”

“啊呀，要是下个星期马上就到该多好啊！”安感叹道，“为什么在等待好事降临的时候，时间显得这么漫长，而好事发生时却又显得很短暂啊？”

“没错，好像应该反过来才对，是不是？”狄克笑着问道，“谁拿了地图呀？我想再看一看我们露营的地点。”

朱利安从口袋里拿出一幅地图。他摊开地图，四个孩子懒洋洋地围着它趴成一圈。地图上有一片广袤、萧瑟的荒原，上面确实没有什么房子。

“荒原上只有几个小农场，”朱利安指着一两个农场说，“不过，土地这么贫瘠，他们很难获得好收成。瞧，这就是我们要去的地方，就在这儿，对面的斜坡上有一个小农场，需要时我们可以去农场购买牛奶、鸡蛋和黄油。拉菲以前去那里露过营，他说那个农场很小，但对露营客来说管够。”

“这片荒原海拔很高，对吧？”乔治说，“我猜想冬天那里一定很冷。”

“可冷了，”朱利安说，“荒原上夏天也有可能刮大风，也可能很冷。因此，拉菲叫我们最好带上毛衣什么的。他说那里冬天有好几个月被积雪覆盖，如果绵羊走失了，得从雪里把它们刨出来。”

狄克的手指顺着一条蜿蜒的小路在广阔的荒原上移动。“我们走这条路，”他说，“我想我们要沿着这里走。瞧，这里标有一条乡村道路，通往那个农场。我们得从拉菲停车的地方把东西扛到露营地。”

“希望我们的营地不要离拉菲太近。”乔治说。

“哦，不会的。他答应过照看我们，不过，一旦他在自己的帐篷里安顿下来，就会把我们忘得一干二净，”朱利安说，“他会的，真的。我认识两个男孩子，有一次他们搭他的车出去玩了一天，结果晚上他一个

人回来了，忘记他是搭了两个人出去的，把他们俩落在老远老远的地方，让他们在那里徘徊了好久。”

“好个拉菲老爷子，”狄克说，“这正是我们想要的监护人！我们是不是刷牙了，是不是穿保暖运动衫了，他不会跑过来问这种事情的！”

狄克的话把大伙都逗笑了，提米高兴地吐出舌头，也咧开嘴笑了。又跟四个小伙伴聚在一起，听他们做假期露营计划，真的很开心！开学的时候，提米跟乔治和安一起上学，它很想念两个男孩，但它是乔治的爱犬，没想过离开小主人。乔治就读的学校允许学生带宠物，这样的规定很人性化，不然乔治肯定不会去这所学校的。

看完地图后，朱利安重新把它折起来放好。“希望我们订购的东西都能及时送到，”他说，“我们还要等六天呢，我要反复提醒拉菲，告诉他我们跟他一起走，否则他很有可能忘了我们，自顾自地走掉了！”

全都计划好了，但还要等那么久，真是让人心焦啊！包裹从不同的商店送过来，孩子们迫不及待地把它们打开。新睡袋很不错。

“棒极了！”安说。

“好极了！”乔治边说边钻进睡袋，“瞧！脖子这

里可以系上，还有个风帽，正好可以兜住脑袋。哇，真暖和！睡在这个睡袋里，晚上再怎么冷我都能对付过去。我建议今晚我们就睡在睡袋里。”

“什么？在卧室里吗？”安问道。

“没错，为什么不呢？适应一下呗。”乔治觉得睡睡袋比睡普通的床铺舒服一百倍。

于是，当天晚上，四个孩子都钻进睡袋，睡在卧室的地板上，他们都觉得睡袋既舒适又暖和。

“唯一的问题就是提米老想爬进我的睡袋，”乔治说，“说实话，睡袋不够大；而且，它会被烤熟的。”

“啊呀，好像有半个晚上它是趴在我的肚皮上睡的，”朱利安抱怨道，“如果提米打算晚上挨个趴在大家的睡袋上睡觉，我就得把卧室门关好，不让它进来了。”

“趴在睡袋上我倒不在乎，它在躺下前没完没了地转啊转的，这个习惯才讨厌呢，”狄克抱怨道，“昨天晚上它在我的肚皮上就是这么折腾的，真是个坏习惯。”

“它这也是不由自主嘛，”乔治立即替提米辩解，“这是野狗在好几个世纪前养成的习惯。过去它们睡在芦苇丛和灯芯草中，它们在草丛中转啊转，把草踩

倒，好给自己做个舒服的窝睡个好觉。现在我们的狗狗在睡觉前不需要踩灯芯草了，但还会继续转圈圈。”

“原来是这样啊！希望提米忘掉它的祖先是睡在灯芯草上的野狗。它只要记住自己是驯化的乖乖狗，有自己的睡篮就好了。”狄克说，“今天你真该看看我的肚皮，肚皮上全是它的爪印。”

“胡扯！狄克，你真夸张。”安说，“啊呀，周二快来吧，我等不及了。”

“会来到的。”朱利安说。

当然啦，周二如约而至。那天早上天气晴朗，阳光明媚，一朵朵小白云点缀着幽蓝的天空。

“那是预示晴天的白云，”朱利安开心地说，“好啦，希望拉菲老爷子记得我们是今天出发，十点钟到这儿。妈妈认为我们最好带上所有人的三明治，她怕拉菲忘了带上他的那一份。如果他记得，那也没关系，因为我们自己肯定能消灭它们，何况还有提米扫尾呢！”

提米跟四个孩子一样激动不已，好事临近时，它总能感知到。它一直在不停地摇尾巴，吐出舌头呼哧呼哧地喘气，好像在赛跑一样。它在大伙的腿下面钻来钻去，但没人在意。

拉菲先生来了

拉菲先生迟到了半个小时。大家刚开始有这个念头，以为他忘了来接他们时，他就笑眯眯地开着他的大型老爷车出现了。孩子们跟他熟稔，他住得不远，经常过来跟他们的父母一起打桥牌。

“你们好啊！你们好！”他大声跟小朋友们打招呼，“看来大家都准备好了！太好了！把东西搬到拖车上吧，我的东西也在上面，不过车上很空。对了，我给大家带了三明治。我夫人说最好多带点，多多益善。”

“那我们今天有口福了。”狄克一边说一边跟朱利安把折叠好的帐篷和睡袋扛出来，两个姑娘帮着提小件行李。大家迅速把东西搬到拖车上，朱利安用绳子把东西捆绑好。

孩子们跟目送他们的大人道别，激动地爬上汽车。拉菲先生发动引擎，挂到一挡，汽车发出巨大的轰鸣声。

“再见。”大人对孩子们喊道。朱利安妈妈最后叮嘱了一句：“这次不要去探什么吓人的险了。”

“当然不会啦，”拉菲先生乐呵呵地大声回答道，“我会留心的，在人烟稀少的荒原上无险可探的。再见啦！”

他们出发了，拼命地挥舞着手，一路高呼再见："再见！再见！……我们终于出发了，太棒了！"

汽车一路疾驰，后面的拖车剧烈地颠簸着。假期开始了！

想想吧

1. 五个小伙伴准备去哪里露营？谁开车带他们？谁照看他们？

2. 拉菲先生酷爱研究什么？

3. 提米在睡觉前有什么习惯？

第二章　上荒原

拉菲先生的车技真是不敢恭维。他把车开得太快，特别是拐弯的时候。朱利安不止一次惊恐地看着身后的拖车，生怕拐急弯时车上的东西都被突然抛出车外。

朱利安看见那捆睡袋蹦得老高，所幸没被甩出拖车。他碰了碰拉菲先生的肩膀。

“先生，请您开慢一点儿！如果拖车上的行李再这么抛过来跳过去的，等我们到达目的地时，拖车就空了。”

“啊呀！我忘了我们还有拖车，”拉菲先生说罢立即减速，“如果我的车速超过 35 迈就提醒我哟。上次我挂着拖车出行，到达目的地时拖车上的东西只剩一半了。我可不希望这样的事情再次发生。”

朱利安当然不希望这样的事情发生。他紧盯着仪

表盘，每当车速接近 40 时，他就轻拍拉菲先生的胳膊，提醒他减速。

拉菲先生现在跟他喜爱的四个可爱的孩子一起奔赴荒原度假，特别高兴。他热爱假期，不喜欢开学，开学会干扰他对自己钟爱的昆虫世界的研究。他知道荒原到处是蜜蜂、甲壳虫、蝴蝶，还有他想要的所有其他昆虫品种，反正是应有尽有。他盼着把这方面的知识多多传授给孩子们。如果孩子们猜到了他的想法，会被吓着的，还好他们一点儿也不知情。

拉菲先生的长相有些怪。他有一双温和的棕色眼睛，上面长着又粗又乱的眉毛，这让狄克联想到猴子的样子。硕大的鼻子让他显得有些狰狞可怖，因为茂密的鼻毛意外地长到了鼻孔外面。他胡子拉碴，圆圆的下巴中间很意外地长了个酒窝。

拉菲先生的两只大招风耳总是让安着迷不已。拉菲先生可以随意地来回摆动右耳，但一直没能让左耳摆动，这是他的一大憾事。他长着一头浓密的乱蓬蓬的头发。他的衣服看起来很舒适，但是太宽大，松松垮垮的。

孩子们情不自禁地喜欢拉菲先生。他比较怪，不

修边幅，非常健忘，脾气温和，但有时又出奇地威猛严厉。朱利安跟弟弟妹妹们不止一次讲过霸凌者汤姆·基林的故事。

有一次，拉菲先生在衣帽间发现汤姆在欺负一个新来的小男生，看见他拽着小男生的皮带转了一圈又一圈。拉菲先生仿佛一头发怒的公牛，怒吼一声，猛扑向那个大块头的霸凌者，一把抓住他的皮带，把他拎起来，牢牢地挂在衣帽间的挂钩上。

“你给我乖乖地挂在那儿，直到有人把你放下来为止！”拉菲先生怒喝道，“你瞧，我也能抓住皮带。”

说完，他大步流星地走出衣帽间，身旁跟着那个被吓坏了的小男生。那个霸凌者则被高高地悬在挂钩上，没办法把自己放下来。于是，他老老实实地挂在那儿，那些踢完足球往衣帽间这边冲过来的男生没有一个人愿意把他放下来。

“要不是挂钩承受不住他的重量，他得一直挂在那儿，”朱利安笑着说，“拉菲老爷子，好样的！你们绝对想不到他会那么生猛吧！”

安爱听这个故事。从此以后，拉菲先生成了她心目中的大英雄。安紧挨着拉菲先生坐在副驾驶座上，跟他絮絮叨叨，觉得很开心。另外三个孩子挤在后

排，提米趴在他们的脚上。天太热了，乔治坚决不让提米爬上她的膝盖，于是它只好站起来把前爪搭在窗台上，鼻子搁在车窗边。

大约十二点半的样子，他们停车吃午饭。拉菲先生真的给大家带了三明治，而且三明治的味道好极了，都是拉菲夫人头天晚上做的。

“醋腌黄瓜！生菜夹火腿！鸡蛋！沙丁鱼！哇！拉菲先生，您的三明治比我们的好吃多了。”安边说边把两个三明治叠在一起吃，一个是黄瓜的，另一个是生菜火腿的。

大家都饿了。提米从每个人那里分得一口三明治，通常是最后一口。它眼巴巴地盯着每一个三明治，一直到它自己的那一口。拉菲先生好像不明白为什么提米要分享每一个三明治的最后一口，因此，当提米毫不客气地吃掉他手上的最后一口时，他颇为惊讶。

“好聪明的狗啊，”他拍了拍提米，夸奖道，“知道自己想要什么就取什么，真聪明。”

当然了，这话乔治爱听。她觉得提米是世界上最聪明的狗狗。她对提米说的每一个字，她的每一下轻拍、每一次轻抚、每一个手势，提米都心领神会。要说照看四个孩子并保卫他们，它可比健忘的拉菲先生

强多了。

他们喝了姜啤[1]，然后吃了一些熟透了的李子。提米不想吃李子，但它把洒出来的姜啤舔干净了，然后嗅了嗅不同的食物碎屑，到附近的小溪喝水去了。

吃饱喝足之后，大家再次登上汽车，继续赶路。安睡着了；狄克打了一个大大的哈欠，也睡着了；乔治和提米不想睡；朱利安睡意袭来，但他的目光一刻也不敢离开仪表盘，因为饱餐之后，拉菲先生极有可能故技重演，把车开得太快。

“我们到目的地以后再喝下午茶吧，中间不停车了。”拉菲先生冷不丁说道。狄克被他浑厚的嗓音惊醒，吓了一跳。“我们大概五点半可以到达。瞧，现在可以看到远方的荒原了，到处都是漂亮的欧石楠花。”

安睡得很沉。除了安，大家都目视着前方，路的左边是一英里又一英里往高处绵延的荒原。荒原披着一层绚丽的欧石楠外衣，这外衣在远处逐渐变成了蓝紫色，显得既荒凉又绮丽。

“走左边的路，然后我们就上荒原了。”拉菲先生边说边向左急拐，拖车上的行李又蹦得老高。“走啰！”

---

① 一种汽水。

汽车在高高的荒原路上平稳爬行，驶过一两座小房子，孩子们可以看到远处林中空地上的一片片小农场。荒原上零零星星地散布着绵羊，汽车驶过时有几只绵羊在驻足观望。

“我想我们还有二十英里的路要走。”为了避让路中间的两只大绵羊，拉菲先生说着突然踩了刹车。“这些牲口真不该跑到路中间闲荡。喂，快让开！让我过去！”

提米号叫着要冲出车外，两只绵羊急忙让路，汽车继续往前行驶。汽车急刹车时，安差点被抛出座位，现在完全清醒了。

“不好意思，把你吵醒了！”拉菲先生边说边低头慈爱地看着安，他差点把汽车开到路边的沟里去了。“安，我们快到了。”

汽车平稳爬行，风凉飕飕的。孩子们的前后左右都是荒原，绵延不尽，无边无际。时不时有小溪流飞溅到路面，顺着路边往下流淌。

“这些溪水可以饮用，”拉菲先生说，“溪水很清，凉沁沁的！有一条小溪离我们即将露营的地方很近。”

这是好消息。朱利安想到他们带来的帆布大水桶，他可不想提着水桶到好几英里外的地方去打水。如果

露营地的附近有小溪，那么把水桶打满洗漱用水提回来就很轻松了。

道路一分为二，右边的路好走，一直通往前方。左边的那条差不多跟乡村道路一样烂。“我们走这条。”拉菲先生说完，汽车开上了左边的路，猛地颠簸起来。他只好减速，孩子们可以看清沿路的不起眼的风景。

“我把车停在这儿吧。”拉菲先生边说边把车停在一块巨大的岩石旁。光秃秃的岩石矗立在荒原上，灰突突的。“岩石会为汽车遮挡狂风暴雨。我觉得我们可以在那儿扎营。”

那里有一个小斜坡，斜坡后有大丛大丛的荆豆。到处都是茂密的欧石楠。朱利安点点头。这是个扎营的好地方，那些茂密的荆豆是一道天然的防风屏障。

“好嘞，先生，”朱利安说，“我们现在是先喝下午茶呢，还是先卸包裹？”

“先喝下午茶吧，”拉菲先生回答道，“我带了一个精致的小炉子，用来烧水、煮东西，比烧柴好使多了，柴火会把水壶和煎锅熏得黑乎乎的。”

“我们也带了炉子。”安说完跳下车，环顾四周。“这里美呆了，有花，有风，有阳光！我们是去那个农场采购鸡蛋和别的食物吗？”

安指着对面小山上的一座小农舍。农舍位于一小片林中空地上，屋后的地里有三四头奶牛和一匹马，旁边是一个小果园，前面有个小菜园子。在荒原上见到如此整洁美观的一方小天地真的让人觉得意外。

“那是奥利农场，”拉菲先生说，“三年前我来过这里，我想现在农场换主人了吧。希望新农场主是好人。对了，喝下午茶，我们还有吃的东西吗？”

他们有吃的，因为安很明智地留了很多三明治，准备喝下午茶时享用，还有一些中午吃剩的蛋糕。他们坐在欧石楠丛中大快朵颐，享用了十五分钟的美味。成百上千只蜜蜂在他们身边嗡嗡嗡地飞来飞去。提米看着身边飞舞的蜜蜂，耐心地等待留给它的最后一口三明治。

“我想我们最好现在就把帐篷搭好，”朱利安提议，“走吧，狄克，我们去卸拖车上的东西。拉菲先生，我们不打算紧挨着您扎营，因为您可能不愿挨着四个吵吵嚷嚷的孩子。您打算在哪里搭帐篷呢？”

拉菲先生刚想说他想让四个孩子和提米紧挨着他，这时他突然想到也许孩子们不想离他太近，也许他们会打闹，或者玩些幼稚的游戏，如果他紧挨着他们，他们会感到拘束，会玩得不尽兴。

因此他决定跟孩子们保持距离。“我在下面那丛老荆豆那里扎营，”他说，“如果你们想在这上面扎营，我们完全不会干扰到对方。这里有半圈荆豆给你们挡风，冷风吹不到你们。”

“好啊，先生。”朱利安说完便开始跟狄克搭帐篷。搭帐篷挺好玩的。提米照旧在大家脚下钻来钻去。它叼着一根粗绳子跑了，但没人理会它。

当黄昏逐渐笼罩覆盖着欧石楠的荒原时，三顶帐篷都搭好了，防潮布已经铺在地上，睡袋摊开铺在防潮布上。孩子们的每一顶帐篷里都有两个睡袋，拉菲先生只有一个。

“我准备睡觉去了，”拉菲先生说，“我的眼睛都睁不开了。孩子们晚安，睡个好觉！”

说完，拉菲先生消失在暮色中。安打了一个大大的哈欠，哈欠传染了大家，也把两个哥哥赶跑了。“走吧，我们也去睡觉吧，”朱利安说，“我们每人有一块巧克力和几块饼干，可以躺在睡袋里吃。晚安，姑娘们。明天早上一觉醒来时感觉一定很美妙！”

说完，朱利安跟狄克消失在他们的帐篷里，两个姑娘跟提米爬进她们自己的帐篷。她们脱了衣服，钻进温暖、柔软的睡袋里。

“爽歪歪！”乔治边说边把提米推到一边，“我这辈子从没感觉这么爽过。别躺在我肚子上，提米，难道你不知道我的脚和肚子的区别吗？这样好多了。”

“晚安，乔治，”安睡眼蒙眬地说，“你看，从帐篷口可以看到星星在闪烁，那些星星看上去大得出奇！”

但乔治才不在乎星星是不是大得出奇呢，她已经沉沉睡去。赶了一天的路，她已经疲惫不堪。听到安的说话声，提米支起一只耳朵，喉头轻柔地咕噜了一声，这是它道晚安的方式，接着它也垂下脑袋睡了。

“这是我们露营的第一夜，”安开心地想，“我不睡，我要保持清醒，看满天的星星，闻欧石楠的花香。”

但事与愿违。不到半秒钟，她也酣然入梦。

想想吧

1. 拉菲先生的车技如何？
2. 拉菲先生期盼把什么知识传授给孩子们？
3. 拉菲先生把汽车停在哪里？

第三章　安的火山

早晨，朱利安第一个醒来。他听到头顶传来一种奇怪而孤独的声音：“库尔——赖！库尔——赖！”

朱利安坐起来，不知身在何处，也不知道是谁在叫唤。当然了，他跟狄克在帐篷里，他们在荒原露营！头顶那奇怪的叫声来自一种名叫杓鹬的荒原鸟。

朱利安打了个哈欠又躺下了，还早呢。太阳把温暖的手指探入帐篷口，睡袋上照到阳光的地方暖暖的。慵懒，舒适，朱利安觉得很享受。他感觉肚子饿了，这一点真讨厌。他瞥了一眼手表。

现在是六点半钟。睡袋里温暖舒适，真不想起来啊。他把手伸出睡袋，看看昨晚有没有剩下的巧克力。他找到一小块，把它放进嘴里，惬意地躺着，耳畔传来更多杓鹬的叫声，太阳爬高了一点儿。

朱利安又睡着了。提米跑过来频频舔他的脸，他

被舔醒了，吓了一跳，当即坐了起来。两个姑娘笑着从帐篷外往里看。她们都已穿戴整齐。

“快醒醒，懒虫！”安说，“我们派提米进帐篷叫你们起床。七点半了，我们已经起来好久了。”

“早晨天气真好啊，”乔治说，“白天会很热。快起床。我们准备去找那条小溪，到那里洗漱。如果小溪就在附近，还费力巴哈跑去打水回来洗漱，那就太傻了。”

狄克也醒了。他和朱利安决定去小溪里洗个澡。他们迎着朝阳走在野外，虽然肚子饿得咕咕叫，但心情特别好。两个女孩刚从小溪回来。

“小溪在那边，”安指着那个方向说，“提米，你带他们去吧。河床是褐色的，小溪可美了。水很凉，岸边有蕨类植物。我们把水桶留在那里了，你们把桶装满水拎回来，好吗？”

“如果你们已经洗漱过了，还要我们打水回来干什么？”狄克不解地问。

“我突然想起我们需要用水洗碗，”安回答道，“对了，你们觉得我们要不要叫醒拉菲先生？还没见到他的影子呢。”

“没必要，让他睡吧，”朱利安说，“昨天汽车开得那么慢，他可能累坏了！我们给他留点吃的就是了。

早餐有什么好吃的呀？”

“我们开了熏肉片罐头，还有番茄，”热爱厨艺的安说，“朱利安，炉子怎么生啊？”

“乔治会生炉子，”朱利安回答，“对了，我们带了煎锅吗？”

“带了，我亲手打包的，”安回答道，“如果你们要洗澡，那就赶紧去吧。还没等你们洗完，早餐就准备好了喔！”

提米一路小跑，郑重其事地领着两个男孩来到小溪边。朱利安和狄克立即躺到河床上，褐色的河床清晰可见。两人拼命踢水，提米也跳进小溪凑热闹，尖叫声不绝于耳。

“啊呀，我想这下子我们把拉菲老爷子给吵醒了！”狄克边说边用一条粗糙的毛巾擦干身子。“真痛快，凉沁沁的。麻烦的是，洗澡后我感觉肚子叫得更欢了。”

“煎熏肉真香啊！”朱利安闻着空气说道。他们回到两位姑娘那里。还是没见到拉菲先生的踪影，他一定是睡得很沉！

他们坐在欧石楠丛中，开始吃早餐。安用油煎了大块的圆面包片，两个哥哥夸奖安是世界上最棒的厨

师，这话她爱听。

“我会负责给大家弄吃的，”她说，“不过乔治必须打下手，帮忙准备食材，还要洗碗。乔治，明白吗？”

乔治才不明白呢。安热衷的事，比如说铺床叠被子啦，刷锅洗碗啦，她都讨厌。她面露不悦。

“快看乔治老妹的脸！提米可以用舌头把每一个碟子都舔干净，干吗还为洗碗的事发愁呀？”狄克打趣道。

这话把大家都逗笑了，连乔治也笑了。“好吧，”她说，“我当然会帮忙。只是，我们尽量少用些碟子吧，这样就没有那么多东西要洗了。安，还有煎面包吗？”

“没有了，不过那个饼干桶里还有些饼干。”安说，“嗨，男同胞们，你们谁负责每天去农场买牛奶和别的吃的东西呀？我想他们还会给我们提供面包和水果的。”

“这个嘛，我们当中的一个人会去的。”狄克回答，“安，你现在是不是给拉菲老爷子煎点吃的呀？我去叫醒他，他要是再不起来，今天都要过完一半了。”

“我去他的帐篷外学蠼螋叫，”朱利安边说边站起来，“我们的大呼小叫可能不会把他吵醒，但一只友好的蠼螋的召唤一定会把他唤醒！”

朱利安往下走，来到拉菲先生的帐篷边，清清嗓

子，礼貌地喊道："先生，您醒了吗？"

没人回答，朱利安又喊了一声，然后疑惑地来到帐篷口，发现帐篷的帘子是合上的。他把帘子拉到一边，往帐篷里看去。

帐篷里面是空的，根本没有人！

"朱，怎么了？"狄克大声问道。

"他不在这里，"朱利安说，"他可能在哪儿呢？"

没人吱声。有那么一瞬间，安惊慌失措地以为他们奇特的历险开始了。接着，狄克又大声问："他的昆虫罐子还在吗？就是他捕捉昆虫时提溜的那个有皮带的锡盒子。还有他的衣服还在吗？"

朱利安再次仔细打量帐篷内部。"好了！"他大声回答，让大家都松了一口气。"他的衣服不见了，昆虫罐子也不见了。他一定在大清早我们还没醒的时候就悄悄离开了。他十有八九把我们都忘了，早餐也忘了吃，把什么都忘到九霄云外了。"

"这正是他的风格。"狄克说，"好啦，我们又不是他的管家，他爱咋样就咋样吧！如果他不想吃早餐，他就不需要吃。我想他捉完昆虫后会回来的。"

"安，我跟狄克去农舍看看他们有什么吃的，你能继续收拾一下吗？"朱利安问道，"时间在向前跑呢，

今天如果我们想去走一走或者干点别的，可不要太晚出发。”

“好啊，”安回答道，“既然两位男同胞给我打了满满一桶水回来，那我可以把一切都打理好。你也去吧，乔治，带上提米，它想出去走一走。”

不用洗碗，乔治巴不得呢。她跟两个男生往农舍走去，提米在前面一溜小跑。安晒着太阳，一边轻声哼着小曲，一边继续干活。她很快就把活儿干完了，然后去看那几个小伙伴是不是回来了，却没见他们的踪影，也不见拉菲先生。

“我自个儿出去溜达溜达吧，”安寻思，“我沿着那条小溪往山上走，去看看小溪的源头在哪里，应该会很有意思。如果我沿着小溪走，就不会迷路。”

安披着阳光出发了。她来到河床呈褐色的小溪边，小溪一路欢唱着从小山上流下来。安踏着岸边的欧石楠，往山上爬去。岸边长满了小绿蕨，还有厚厚的光滑柔软的青苔，她可喜欢了。她尝了尝溪水，溪水冰凉清甜。

安一个人走啊走，觉得心旷神怡。她终于爬上一座山顶，山顶有一个大土丘。原来小溪的源头在那儿，在土丘的半腰上。溪水从欧石楠丛生的小山坡汩

汩流出，潺潺流到远处的山下，岸边长满了青苔。

“原来你的源头在那儿！”安说道。一路爬上来，她浑身发热，便一屁股坐在欧石楠树丛上。和煦的阳光照在脸上，听着旁边的涓涓细流声，感觉真惬意！

安躺下来，凝神倾听蜜蜂的嗡嗡叫声和涓涓细流声。接着，她听到了另一种声音，刚开始她根本没注意到。

安惊恐地坐了起来。“这声音来自地下！来自很深很深的地下！轰隆轰隆地响着。喔，是不是出什么事了？要地震了吗？”

轰隆声似乎越来越近了，安甚至都不敢站起来拔腿就跑。她坐在那儿，浑身哆嗦。

接着，只听见一阵令人毛骨悚然的尖叫声传来，就在不远处发生了一件匪夷所思的事情：一束巨大的白烟从土堆中冒出来，悬在空中，随后被风吹散。安被吓坏了。在这静谧的山腰，这一切都发生得太突然，太出乎意料了。轰鸣声持续了一会儿之后逐渐消失了。

安惊魂不定地跳起来，往山下奔去，一边大声尖叫：“这是火山！救命！救命啊！我刚才坐在火山上了。火山要爆发了，火山在喷烟雾。救命，救命啊，

这是火——山——！”

安从山腰飞奔而下，被一簇欧石楠绊了一脚，她抽泣着，骨碌骨碌地往下滚。最后她总算停了下来，然后听到一个焦急的声音大声喊道：

“是谁啊？怎么了？”

那是拉菲先生的声音。安放下心来，大声回答：“拉菲先生！快来救我！这里有火山！”

听到安胆战心惊的声音，拉菲先生立即跑过来。他挨着浑身战栗的小姑娘坐下，伸出手臂搂着她。“到底怎么了？”他问道，“是什么吓着你了？”

安再次告诉他：“上面，您看到了吗？拉菲先生，那是火山。火山轰隆轰隆地发出震动，然后喷出烟柱。快跑，趁它还没喷出火红火热的火山灰！”

“好啦！好啦！”拉菲先生安慰她。让安颇为诧异又颇感安慰的是，他笑了。“你是想告诉我你不知道那是什么吗？”

“是的，我不知道啊。”安回答。

“是这样的，”拉菲先生说，“这一大片荒原下有两三条长长的隧道，火车从一个山坳进入隧道钻到另一个山坳。你不知道吗？你听到的轰隆声就是这些火车发出的，你看到的突然喷出来的烟柱是下面的火车排

放的。有巨大的通风口零星散布在荒原上，排放火车喷出的烟。”

“啊呀，我的老天爷！”安羞得满脸通红，“我居然不知道这底下有火车。真神奇啊！拉菲先生，我真的以为我坐在火山上呢。不要告诉别人，好吗？他们会笑话我的。”

“我一个字儿也不会说的，”拉菲先生说，“我想现在我们该回去了。你吃过早餐了吗？我都饿得前胸贴后背了。今天清早我看见一只很罕见的蝴蝶从帐篷边飞过，我就一直追它。”

“我们早就吃过早餐了，”安回答，“不过，拉菲先生，如果您现在跟我回去的话，我可以给您煎点熏肉，再来点番茄和煎面包。”

“啊哈！听起来不错。”拉菲先生说，“好啦，关于火山的事，一个字儿也不提，这是我们之间的小秘密。”

于是，他们回到帐篷，另外几个小伙伴正在营地寻思安到底怎么了，他们压根儿不知道她曾经“坐在一座火山上”！

想想吧

1. 谁负责给大家弄吃的？
乔治负责什么？

2. 小溪的源头在哪里？

3. 安在小山上听到了轰隆声。
轰隆声是什么发出的？是火山吗？

第四章 幽灵火车

两个男孩和乔治从农场回来后就一直把农场挂在嘴上。“那个小农场很不错，”安开始给拉菲先生做早餐时，朱利安边说边坐了下来，“农场有漂亮的农舍、精致的小奶牛场、整洁的棚舍，客厅里还有一架大钢琴。”

“天哪！想不到他们能挣那么多钱，买得起那样的大件！”安一边翻着煎锅里的熏肉一边说。

“农场主有一辆豪车，”朱利安继续说，“崭新的车，一定花了他不少票子。他儿子领我们去看了，他还带我们看了一些崭新、高级的大型农机具。”

“真有意思，”拉菲先生说，“经营这样一个小农场，真不知道他们的钱是怎么挣来的！前任农场主勤劳苦干，但肯定买不起新车或者大钢琴。”

“你们真该看看他们的卡车！”狄克接过话茬，“真是好车啊！我猜是旧军车。那个男孩说他爸爸打

算用那些卡车把东西从农场拉到集市去。”

“什么东西呀？”拉菲先生边说边看着对面的小农舍，“我觉得他们不需要一大批卡车来拉东西！一驾老式的四轮农用马车就足够拉他们所有的农产品了。”

“哎，他是这么跟我们说的，”狄克接着说，“我得说，农场的一切都显示他们很富裕。农场主一定经营有方。”

“我们买了鸡蛋、黄油和水果，还有一些熏肉，”乔治说，“我们要多少东西，男孩的妈妈好像都不在乎，她收的钱也少得可怜。我们没见到农场主。”

拉菲先生开始吃早餐，他一定饿坏了。他拂走在头顶盘旋的苍蝇。有一只苍蝇落在右耳上，他使劲地来回摆动右耳，苍蝇吃惊地飞走了。

“哇，再来一次！”安央求拉菲先生，“您是怎么做到的？要是我努力练习几个星期的话，您觉得我能让耳朵动起来吗？”

“不行，我想不行。”拉菲先生一边说，一边吃完了早餐，“好啦，现在我要写点东西。你们打算干什么呀？去走一走吗？”

“我们不妨带上午餐去什么地方走一走，”朱利安说，“你们觉得怎么样？”

“好啊，”狄克回答道，“安，你能给大家打包午餐和下午茶吗？我们给你打下手，你们觉得水煮蛋怎么样？”

很快他们就用防油纸打包好了野餐的食物。

“你们不会迷路吧？”拉菲先生问道。

“不会的，先生，”朱利安大声笑着回答，“我有指南针，而且我的定位本领高强。通常我都知道怎么走。今晚回来见。”

“拉菲先生，您不会迷路吧？”安一脸忧虑地问道。

“安，别放肆啦。”狄克说。安的问题让狄克很震惊，但安是认真的。拉菲先生是那么健忘，他出去后很有可能走着走着就找不到回来的路了。

拉菲先生对安笑笑。“不会的，”他说，“我认得这里的路，我认得每一条小溪和每一条小路，还有，呃，火山！”

听到这话，安咯咯地笑了。另外几个孩子盯着拉菲先生，不明白他究竟在说什么。但他和安守口如瓶，对之前发生的事只字不提。孩子们跟拉菲先生道别后就出发了。

“今天走一走感觉真不错，”安说，“如果我们发现小路，要不要沿着小路走呢？”

“也行，”朱利安接过话茬，“一整天都踩着欧石楠爬上爬下会有点累人的。”

于是，当他们真的发现一条小路时，他们就拐了上去。“我想这只是一条牧羊小道，”狄克说，“在这些荒凉的、长满欧石楠的小山里放羊一定很寂寞。”

大家继续走了一程，一路欣赏大片大片绚丽的欧石楠花、从他们脚下飞窜的蜥蜴，还有数不清的在头顶翩翩飞舞的各种各样的蝴蝶。安最喜欢那些蓝色的小蝴蝶，决定向拉菲先生请教所有那些蝴蝶的学名。

他们在一座小山顶上吃午餐。从山顶可以俯瞰一大片欧石楠，欧石楠丛中零零星星点缀着灰白色的斑点——那是四处走动的绵羊。

午餐刚吃到一半，安又听到先前听到过的同样的轰隆声，紧接着，从不远处的地下喷出白烟。乔治脸色煞白；提米站起来，夹起尾巴，低声咆哮，汪汪狂吠。两个男生见状哄然大笑。

“安和乔治，没事，那只是地下的火车。我们知道有火车从荒原下穿过，我们想象过你们第一次听到火车轰鸣声、看到白烟时的反应。”

“我一点儿也不害怕。”安说。两个男孩惊讶地看着她。通常都是安被吓着，但这次被吓着的却是乔治！

乔治脸色恢复正常，哈哈大笑起来。她叫提米：“没事，提姆[1]，过来。你知道火车是怎么回事，对吧？”

孩子们谈论起火车来。想着火车在荒原下那些挖空的隧道里穿行，隧道里永远不见天日，人们在火车上看报、聊天，的确让人有一种怪怪的感觉。

“走吧，”朱利安终于开口了，“继续走吧，走到下一个斜坡顶时，我想我们就该往回走了。”

孩子们发现一条小路后，就沿着那条小路走了，一路上有说有笑。朱利安说那一定是一条野兔小道，因为小路非常窄。他们穿过欧石楠树丛，爬到另一个斜坡顶。站在坡顶上，他们大为惊异。

斜坡下的山坳有一段废弃的铁轨静静地趴在那里，轨道大约有半英里长。铁轨从一个黑乎乎的隧道口钻出来，在一个看起来像是火车调车场的地方终止了。

“瞧，”朱利安说，“废弃的旧铁轨，我猜这铁轨不再使用了。那个隧道估计也废弃了。”

“我们下去看看吧，”狄克提议，“走吧！我们有的是时间，毫无疑问我们可以抄近道回去。”

---

① 提米的昵称。

他们下山朝那段铁轨走去，来到离隧道口不远的地方，顺着铁轨来到废弃的火车调车场，看样子调车场里根本没有人。

“瞧，”狄克说，“那对铁轨上有几节旧车厢，车厢看上去已经废弃上百年了。我们去推一把车厢，让车厢走起来！”

“啊，不要这样！”安很害怕，反对那么做。但两个男孩和乔治跑了过去，那里有三四节车厢。他们一直都想过把瘾，玩一玩真正的火车车厢。狄克和朱利安使劲推其中的一节。车厢动了，往前移了一点儿，撞到另一节车厢尾部的减震器，寂静的调车场里发出骇人的响声。

调车场边一个小木屋的门砰地打开了，一个骇人的身影走了出来。那是一个独腿男子，男子的另一条腿装了木头假肢，两条胳膊跟大猩猩的臂膀一样粗壮，跟番茄一样红红的脸膛留着灰白的络腮胡子。

他张开嘴，孩子们还以为会听到响亮的怒吼声，但从他嘴里发出的却是嘶哑的低语：

“你们在干什么？晚上听到幽灵火车跑还不够我受吗？白天也要我听吗？”

四个孩子盯着他，觉得他疯疯癫癫的。他走近孩

子们，木腿嘟嘟地敲打地面，听起来很怪异。他胡乱地挥了挥粗壮的双臂，吃力地盯着几个孩子，好像看不清他们。

“我的眼镜摔烂了。”他说。孩子们惊愕地发现有两行老泪从他的脸颊上滚下来。“可怜的木腿老萨姆啊，他的眼镜摔烂了。现在没有人关心木腿萨姆了，一个人都没有了。”

听到这话，孩子们不知道说什么好。安为这个奇怪的老头儿感到难过，但她躲在朱利安身后不敢出来。

萨姆又吃力地盯着他们。“你们的脑袋上没长嘴巴吗？是我看花眼了，还是你们真的在那里？”

“是我们在这里，我们都是大活人，”朱利安回答道，“我们碰巧发现这个旧调车场，就下来看一看。您是谁啊？”

“我告诉过你们了，我是木腿萨姆，”老人不耐烦地回答，“我是看守人，明白了吗？尽管我想不明白这里还有什么好看守的。难道他们以为我会看守这些幽灵火车吗？不会，才不会呢。我木腿萨姆不会。我这辈子见过的怪事多了去了，没错，也被它们吓坏了，我再也不要看守什么幽灵火车了。”

孩子们满怀好奇地听着老人的话。“什么幽灵火车

啊？”朱利安好奇地问道。

木腿萨姆走上前来，他环顾四周，好像生怕有人听到似的，然后以比平常更为沙哑的声音低声说：

“幽灵火车，告诉你们。火车夜里从那条隧道里自个儿开出来，又自个儿开回去，火车上没有人。总有一天晚上它们会开出来找木腿萨姆。不过，瞧，我聪明得很，真的。我把自己锁在小木屋里，躲在床底下，吹灭蜡烛，这样，那些幽灵火车就不知道我在小木屋里啦。”

安打了个激灵，她拉了一下朱利安的手。“朱利安，我们走吧，我不喜欢，这听起来又怪异又恐怖。他在说什么呀？”

老人情绪陡变，他捡起一大块煤渣砸向狄克，打中了他的头。“你们给我滚蛋！我是这里的看守人。他们告诉我什么来着？他们叫我赶走来这里的任何人。告诉你们，快滚！”

安吓得拔腿就跑。提米咆哮着，要不是乔治拽住它的项圈，它早就扑向这个奇怪的老看守了。狄克揉了揉脑袋上被煤渣打中的地方。

“我们这就走。”他安抚萨姆。显然，老头子的脑子有点儿不对劲。“我们不是有意闯入您的领地的。您

看好您的幽灵火车，我们不会打扰您了！”

两个男孩和乔治掉头追上安。“他是什么意思啊？”安惊魂未定地问道，“什么是幽灵火车啊？并不存在的火车吗？他真的在夜里看到幽灵火车了吗？”

“那只是他幻想出来的，”朱利安回答妹妹，“我想他孤零零地守在那个废弃的旧火车调车场，难免会胡思乱想。别担心，安，没有幽灵火车这样的东西。”

“但他说起来就好像真的有哎，真的，”安说，“我可不愿意看见幽灵火车。朱，你呢？”

“想看，我想看幽灵火车。”朱利安说完转向狄克，“狄克，你不想看吗？哪天晚上我们来蹲守怎么样？只是来看一看？”

想想吧

1. 看守废弃的火车调车场的人叫什么名字？

2. 老看守告诉孩子们晚上有什么从隧道里开出开进？

3. 老看守捡起煤渣砸中了谁的头部？

第五章　再回营地

孩子们和提米离开废弃的火车调车场，爬上欧石楠丛生的斜坡，找到回营地的路。两个男孩一路不停地谈论木腿萨姆和他所说的怪事。

“总的来说，还是挺奇怪的，”朱利安说，“我很好奇那个调车场为什么不再使用了，还有那条隧道通往哪里，过去那里是不是真的有火车通行。”

“依我看，只有一个解释说得过去，”狄克说，“那就是木腿萨姆把那一切说得很离奇。如果他是一个正常的看守人，我们就不会觉得有什么奇怪的了。”

“也许农场的男孩知道，”朱利安说，“明天我们去问问他。可能真的没有幽灵火车。不过，啊呀，要是真的有，我倒是想去看一看。”

“别这么说嘛！”安很不高兴地说，“唉，这让我觉得你好像又要冒险了。我可不想。”

“放心吧，不会有什么惊险奇遇啦，别担心，”狄克安慰妹妹，“而且，如果真有惊险奇遇的话，你可以去投奔拉菲老爷子，抓住他的手。就算惊险奇遇在他眼皮子底下发生，他也不会察觉。你跟他在一起会平安无事的。”

“瞧，上面那个人是谁？”乔治问。提米警觉地支起耳朵，低吼了一声。

“我想应该是牧羊人之类的。”朱利安说完开心地对那人大声喊道，“下午好啊！今天天气真好！”

老人就在他们上边的小路上。他要么是牧羊人，要么是农场的工人之类。他对孩子们点了点头，等着孩子们走上去。

“你们在下面那一带看到了我的绵羊吗？”老人问孩子们，“绵羊身上打了红十字标记。”

“没看到，下面没有羊，”朱利安回答道，“不过前面更远的小山上有一些。我们去了下面的火车调车场，如果下面的山坡有羊的话，我们会看到的。”

“你们千万不要到那下面去，”老羊倌用黯淡的蓝眼睛注视着朱利安，说道，“那个地方很危险，真的。”

“对了，我们听说有幽灵火车！”朱利安哈哈笑着说，“您指的是这个吗？”

“唉。有火车从那条隧道里开出来，但没有人知道它们从何而来。”牧羊人说，“晚上我跟羊群在这里时，听到过好几次。那条隧道已经废弃三十年了，但还是有火车从隧道里开出来，就跟过去一样。”

“您怎么知道？您见过吗？”朱利安问道，突然觉得脊背发凉。

“没见过，我只是听说过，”老人回答，“火车‘嗤——嗤，当啷——哐当’地响，但是不再鸣笛。老木腿萨姆说那是幽灵火车，火车无人驾驶，也没人照看。你们千万不要去那个地方，那里很危险，很吓人。”

朱利安见安面有惧色，不禁哈哈大笑。“真是个好故事！我不相信有什么幽灵火车，老人家，您也不用相信。狄克，你包里的下午茶呢？我们找个好地方吃点三明治和蛋糕吧。跟我们一起吃点吧，老人家。”

“不吃啦，谢谢啦！”老人边说边转身走了，“我还得去找我的羊呢。羊群老是到处乱跑，我也得跟着到处跑。先生们，祝你们玩得开心。还有，千万不要再到下面那个危险的地方去。”

朱利安找到一个好地方，这里看不见“那个危险的地方”。大家席地而坐。“一派胡言，”朱利安想让安重新变得高兴起来，说道，“至少，我们明天可以去问问

农场主的儿子。我猜这都是那个独腿老头瞎编出来的无厘头故事，独腿老头又把这个故事传给了牧羊人。”

“我想也是。”狄克说，“朱利安，你注意到了吗？那个牧羊人实际上从没见过幽灵火车，只是听说。呃，晚上声音传得很远，我猜他听到的只是从地下穿过的火车的轰鸣声。现在就有一列火车从什么地方经过！我能感觉到地面在震动！”

大家都感觉到了，这种感觉很特别。轰鸣声终于停止，大家坐下来一边享用下午茶，一边看着提米刨野兔洞，并拼命往洞里钻，刨出来的沙土都打到大家身上了。没有什么能让提米停止刨掘，它的耳朵好像完全聋了。

“听着，如果现在我们不把提米从那个洞里拽出来，它会越钻越深，到时我们只能抓住它的尾巴拖它出来了。”朱利安说完站起来，“提米！提——米！野兔在好几英里外呢，快出来吧！”

乔治和朱利安一同使劲，才把提米拖出来。提米愤怒地看着他们，好像在说：“哎呀，你们真扫兴！眼看我就要抓住野兔了，你们却硬要把我拖出来！”

提米甩了甩身子，身上的泥土到处飞扬。它朝洞口又走了一步，但乔治抓住了它的尾巴。“不行，提

米，该回家了！”

“它在找幽灵火车呢。”狄克的话把大家逗笑了，连安也笑了。

孩子们起身返回营地，他们感到很累但也很快乐。提米沮丧地跟在他们身后。他们终于回到营地时，发现拉菲先生正坐在那里等他们，他抽着烟斗，吐出的蓝烟袅袅上升。

“你们好啊！你们好！”拉菲先生招呼道。他抬起凌乱的眉毛下那双棕色的眼睛看着他们。“我猜你们是不是迷路了。不过，我想你们的狗总会带你们回来的。”

提米礼貌地摇了摇尾巴。“汪！”它表示赞同，然后去水桶喝水，安及时制止了它。

“提米，不行！你不能喝我们洗东西的水。你的水在那儿呢，在那个盘子里。”

提米去自己的盘子里舔水喝，觉得安真是婆婆妈妈。安问拉菲先生是否需要吃晚餐。

“我们不打算吃正式的晚餐了，”她说，“我们很晚才喝下午茶。不过如果您想吃，我会给您做一点，拉菲先生。”

“你真好。不过我下午茶吃了很多。”拉菲先生说，

“我从食品柜里给你们带了一个水果蛋糕，我们把它当晚餐分了吧。我还带了一瓶酸橙汁，兑点溪水喝一定很爽口。”

两个男孩去打了一点新鲜的溪水回来。安拿出碟子，把蛋糕切成小块。

“怎么样，”拉菲先生问，“玩得很开心吧？”

“很开心，”安回答，“不过我们碰到一个奇怪的独腿男子，他告诉我们他看到了幽灵火车。”

拉菲先生哈哈大笑。“哦，哦！他一定是我认识的一个小姑娘的远房亲戚，那个小姑娘曾经以为她坐在一座火山上。”

安咯咯地笑了。“别取笑我了。不，说真的，拉菲先生，这个老人是一个旧火车调车场的看守人，调车场现在不用了。他说幽灵火车开出来时，他就吹灭蜡烛，躲到床底，这样幽灵火车就找不到他了。”

“可怜的老头儿，”拉菲先生说，“希望他没有吓到你。”

“有一点儿，”安说，“他还把煤渣砸到狄克的头上了。我们打算明天去农场，问问农场的男孩是不是也听说过幽灵火车。我们碰到一个老羊倌，他说他听见过幽灵火车开过的声音，但没见过。”

拉菲先生展示虫子标本

“哦，哦，听起来挺有意思的，”拉菲先生说，“不过这种惊心动魄的故事通常都有一个枯燥无味的解释，你知道的。现在你想看看我今天的收获吗？我找到一只稀奇有趣的小甲壳虫。”

他打开一个方形小金属罐，把一只闪亮的甲壳虫给安看。甲壳虫长着绿色的触角，尾巴梢有火红的斑点。小家伙真漂亮！

“对我来说，这只甲壳虫比多少幽灵火车都更带劲，”他告诉安，“幽灵火车不会让我兴奋得夜里睡不着觉，但想到这个小家伙，我一定会睡不着。”

“我不是很喜欢甲壳虫，”安说，“但是这只的确很漂亮。拉菲先生，您真的喜欢整天找昆虫并观察它们吗？”

“对啊，非常喜欢。”拉菲先生回答道，“啊，两个男孩打水回来啦。现在我们分蛋糕吧！乔治呢？哦，她在那儿换鞋子。”

乔治磨破了脚，她在脚后跟贴上创可贴。两个男生打水回来时，她走了上来。大家围坐成一圈，分享蛋糕，火红的太阳缓缓下山了。

“明天又是大晴天，”朱利安说，“明天我们干什么呢？”

“我们得先去农场，”狄克说，“农场主的夫人说如果我们明早过去，她会再给我们一些面包。如果有鸡蛋，我们可以再买一些。今天我们带了八个水煮蛋出去，只剩一两个鸡蛋了。我想知道是谁把番茄都吃光了？”

“我们大家啊，”安立即回答，“你们吃起番茄来跟猪一样能吃。”

“恐怕我是其中的一头猪，”拉菲先生深表歉意，“安，我猜早餐你给我煮了六个番茄。”

“没关系，”安说，“即便是这样，您吃的也没有他们多！我们可以再买一些回来。”

大家坐在一起，边吃边谈，喝着兑了溪水的酸橙汁，其乐融融。大家都疲惫了，舒适的睡袋在召唤他们。提米抬起头打了一个大大的哈欠，露出满嘴犬牙。

“提米！我能从你的嘴巴里一直看到你的尾巴了！”乔治说，“闭嘴，你把哈欠都传染给我们了。”

的确如此，连拉菲先生都哈欠连连。他站起来。“好啦，我准备进帐篷睡觉了，”他说，“晚安。我们明天早上再计划怎么玩吧。如果你们不嫌弃，我给你们带早餐过来，我有沙丁鱼罐头。”

“好啊，谢谢，”安说，“拉菲先生，这里还剩下一

些蛋糕，希望您不会觉得这样的早餐太离谱——沙丁鱼配水果蛋糕！”

“一点儿也不离谱，听起来还是很合理的早餐，”从半坡传来拉菲先生的声音，“晚安！”

孩子们又坐了一会儿。夕阳不见了，凉风吹来，多了一丝寒意。提米又打了一个大大的哈欠。

“好啦，”朱利安说，“该睡觉了。谢天谢地，昨晚提米没进我们的帐篷在我身上踩来踩去。姑娘们，晚安。今晚的夜色一定很美，不过我很快就会睡着，不会看到多少美丽的夜景！”

两个姑娘进了帐篷，快速地钻进睡袋。在她们入睡前，安感觉到地面有轻微的颤动，这意味着地下什么地方有火车经过，但她没听到轰隆声。她一边想着火车一边进入了梦乡。

两个男生还没睡着，他们也感觉到了身下的土地在震动，这让他们想起了那个旧火车调车场。

“狄克，那些幽灵火车真奇怪啊，”朱利安睡眼蒙眬地说，“我很好奇车上是不是装了货物。”

“没有啦，怎么会有货物呢？”狄克说，“明天我们照样去农场，跟那个男孩聊一聊就知道了。他住在荒原，应该知道真相。”

“真相是：木腿萨姆疯疯癫癫，他所说的都是他胡思乱想编出来的，然后那个老羊倌听到什么怪事都信以为真。”朱利安说。

“我觉得你说的有道理。”狄克说，“哎呀，妈呀，那是什么？”

有个黑影站在帐篷门帘前朝里张望，轻轻地呜咽了一声。

“哎呀，提米，是你呀。你不要来假装幽灵火车什么的，好不好！”狄克说，“要是你胆敢放半只爪子到我肚子上，我就像只吃人的老虎一样大声咆哮，把你吓得屁滚尿流，滚下山去。走开。”

提米把一只爪子放到朱利安身上，朱利安大声喊乔治：“乔治，把你的狗叫过去，好吗？它要在我肚子上转二十圈，盘在我肚皮上睡觉。”

乔治没回应。提米感觉到自己不受欢迎后，离开了。它回到乔治身边，伏在她脚上，鼻子贴着爪子，不一会儿就睡着了。

“幽灵提米，”朱利安重新摆了个睡觉的姿势，喃喃道，“提米幽灵——不，我是说——哦，我想说什么来着？”

“闭嘴，”狄克说，“你老捣鼓什么提米啊，我

睡——不——着——”但他能睡着而且当即就睡着了，话没说完就睡着了。小营地静悄悄的。下一列火车从地下轰隆隆地开过时，没有人察觉到，连提米都没察觉到！

想想吧

1. 孩子们在回营地的路上碰到了谁？
2. 拉菲先生捕捉到一只怎样的漂亮昆虫？
3. 晚上站在男生帐篷外的黑影是谁？

第六章　开心农场

第二天，孩子们起得跟拉菲先生一样早，他们共进早餐。拉菲先生有一幅荒原地图，早餐后他把地图仔细查看了一遍。

“我想我会出去一整天，”他对坐在身边的朱利安说，“瞧，这里标了一个小山坳——鸦腿山坳，啊哈，我听说在这里可以找到英国最罕见的甲壳虫，我想我会带上装备去那里继续寻找。你们四个打算干什么呀？”

“我们五个，”乔治当即纠正，“您忘了提米。”

“是哦，我把提米给忘了，请它见谅。”拉菲先生一本正经地说，“那么，你们打算干什么呀？”

“我们去农场补充一点吃的，”朱利安回答道，“顺便问一问那个农场男孩是不是听说过幽灵火车，也许还会逛一逛农场，了解一下那里的牲畜。我一直都很

喜欢农场。”

“好啊，”拉菲先生说完开始点烟斗，“要是傍晚我还没回来，不用惦念我，我找昆虫时会忘记时间的。”

“您确定不会迷路吧？”安不无担心地问道。她真的觉得拉菲先生不懂好好照顾自己。

“不会的。如果我走错路了，我的右耳会提醒我的，”拉菲先生说，“我的右耳会使劲摆动。”

说完他朝安来回动了动右耳，安哈哈大笑。“要是您能把摆动耳朵的诀窍告诉我该多好啊，您肯定知道那个诀窍的。”她说，“如果我学会了这个把戏，您无法想象我的同学会多么激动，她们会觉得我相当了不起。”

拉菲先生笑着站起来。“好啦，再见啦，”他说，“我得走了，要不然安要我教她摆耳朵了。”

他走下斜坡，回到自己的帐篷。乔治和安洗碗，两个男生把松动的帐篷绳子系牢，把所有的绳子都紧了紧。

“东西都放在这里，没有人看守，应该没问题吧？”安忧心忡忡地问。

“没问题，昨天我们就是这么干的，”狄克说，“这里荒无人烟，谁会跑到荒原上来拿我们的东西啊？安，你不会以为会有幽灵火车过来把我们所有的东西

都卷进行李车厢吧？”

安咯咯笑了。“别傻了，我只是想我们是不是应该把提米留下来看家，仅此而已。”

“把提米留下来?！”乔治惊讶地说，“安，我们哪次出去没带提米啊？你不会真的认为我会丢下提米不管吧？别傻了。”

“不，我不会真的那么认为，”安说，“好吧，我想不会有人上这儿来的。乔治，如果你洗好了，请把那块台布扔过来。”

她们动作麻利地把台布晾晒在荆豆丛上，把其他东西都整整齐齐地放进帐篷里。拉菲先生大声道了声再见就走了。现在五个小伙伴准备出发去农场了。

安提了一个篮子，还给了朱利安一个。“拿去装食物回来，”她说，“你们都准备好了吗？出发啰！”

孩子们跨过欧石楠，膝盖擦过满是花蜜的花朵，惊起了许多在花丛中忙碌采蜜的蜜蜂。今天又是大晴天，孩子们感到自由自在，幸福满满。

他们来到整洁美观的小农场。有男子在地里劳动，但朱利安觉得他们就是在磨洋工。他四处张望寻找农场里的那名男孩。

男孩从一个棚舍里出来，朝他们吹了一声口哨。

“你们好啊！你们还要点鸡蛋吧？我给你们捡了好多出来。”

男孩盯着安看。“昨天你没来，你叫什么名字啊？”

“我叫安，”安回答，“你叫什么名字？”

“我叫乔克。”男孩笑着回答。乔克长着一头稻草色的头发，一双蓝眼睛，红彤彤的脸膛说明他脾气好，安觉得他人挺不错。

“你妈妈呢？”朱利安问道，“今天我们能不能跟她买点面包和别的吃的东西？昨天我们吃得很多，我们要把食品柜重新装满！”

“刚才她在奶牛场忙活。”乔克回答道，“你们急着走吗？来看看我的小乳狗吧。”

兄妹几个跟着他走进一个棚舍，棚舍最里面有一个铺满稻草的大箱子，里面躺着一只柯利牧羊犬[1]，旁边有五只可爱的小奶狗。母狗恶狠狠地冲提米咆哮，提米急忙退出棚舍。提米以前跟母狗打过交道，知道舐犊情深的母狗凶得很，它惹不起但躲得起！

见到几条胖嘟嘟的小乳狗，四个孩子惊叹不已。安轻轻抱起一条，小奶狗依偎在她的臂弯，轻声呜

① 原产苏格兰，体大、毛长、头尖瘦。

咽，真惹人喜爱。

“要是这条小乳狗是我的该多好啊，”安说，“我会叫它依偎。”

“多难听的狗名啊！”乔治鄙夷地说，“安，只有你才会起这么难听的名字。让我抱一抱。乔克，这些狗都是你的吗？”

“都是我的，”乔克骄傲地说，“狗妈妈是我的，你瞧，它叫比迪。”

听到喊自己的名字，比迪支起耳朵，抬起明亮机警的双眼看着乔克。乔克摸了摸比迪毛茸茸的脑袋。

“我养比迪已经养了四年，”他说，“它是我们在猫头鹰农场生活时，老农场主巴罗斯先生送给我的，那时它才八周大。”

“哦，这么说，你来这个农场之前在另一个农场啰？”安问道，“你一直在农场生活吗？你真幸运啊！”

“我只在两个农场生活过，”乔克回答道，“猫头鹰农场和这个农场。爸爸去世后我和妈妈不得不离开猫头鹰农场。我们在镇上生活了一年，我讨厌镇上的生活。来到这个农场我很开心。”

“可是，我还以为你爸爸在这里呢！”狄克困惑不解地说。

“那是我继父，”乔克说，“不过他不务农！”他环顾四周，压低了嗓门：“他对农场的事不在行，是我妈妈给雇工派活儿。不过他给我妈妈很多钱，有了钱，妈妈把所有的事情都打理得井井有条。我们有很好的农机具和马车什么的。你们想不想看看奶牛场啊？奶牛场有很现代化的设备，妈妈喜欢在奶牛场工作。”

乔克领着四个孩子来到光洁如新的奶牛场，他妈妈跟另一个姑娘在那里忙活。妈妈微笑着朝孩子们点点头。“早上好啊！又饿了吧？等我把这里的活儿干完，我就给你们打包很多好吃的。你们留下来跟我儿子乔克一起吃饭吧。放假没有别的男生跟他做伴，他在这里很孤单。”

“哦，好啊，我们在这里吃午饭！”安兴高采烈地大声说，“我很乐意。朱，可以吗？”

“好啊！非常感谢，夫人——呃——夫人……”朱利安说。

“叫我安德鲁斯夫人，”乔克妈妈说，“不过乔克叫乔克·罗宾斯，他是我跟第一任丈夫的儿子，他父亲是农场主。说定了，你们都留下来吃饭吧，我看看能不能给你们做一顿好吃的，让你们吃一顿管一天！”

这个主意听上去真不错，四个孩子欣喜若狂。提

米使劲摇尾巴，它喜欢安德鲁斯夫人。

“走吧，”乔克开心地说，“我带你们四处转转，把农场的每一个角落都逛一下。农场不是很大，不过我们打算把它建成荒原上最好的小农场。我继父好像对农场的事不太感兴趣，不过妈妈要给农场添置东西时，他都是有求必应，出手很大方。”

在孩子们看来，农场的农机具绝对是最现代化的。他们仔细查看了联合收割机；他们走进小牛棚，欣赏洁净的石板地面和白色的砖墙；他们爬上红色的马车；他们真希望能够试试并排停放在谷仓里的两台拖拉机。

“你们家农场的人手真多啊，”朱利安说，“但我觉得这里没有那么多农活派给那么多人干。”

“他们不是干农活的料子，”乔克边说边皱起了眉头，“妈妈总是很抓狂，因为那些人根本不知道该干些什么。爸爸给她雇了好多人，但他总挑不到合适的人！他们好像不喜欢干农活儿。只要有可能，他们就往最近的镇上跑。只有一个家伙不错，不过他年纪挺大了。看见了吗？他在那边，他叫威尔。”

威尔正在侍弄小菜园。孩子们看了看威尔，只见老汉干瘪的脸皱巴巴的，鼻子很小，长着一双蓝幽幽的眼睛。孩子们喜欢他的样子。

“看到了，看上去他像个干农活的，”朱利安说，“其他人不像。”

“他不肯跟其他人一块干农活，”乔克说，“他只会对他们爆粗口，骂他们笨蛋和‘白漆’。”

“‘白漆’是什么？”安问道。

“就是‘白痴’，傻妹妹。”狄克说完向老威尔走去。“早上好啊！”他跟老人打招呼，“您好忙啊。农场总有好多农活要干吧？”

老汉抬起蓝幽幽的眼睛看了狄克一眼，然后继续干活。“有很多活儿要干，干活的人很多，干的活儿却不多，”他声音沙哑，“我从来没想过我会跟笨蛋和白漆一块干活。我不跟笨蛋和白漆一块干活儿。”

“听到了吧！我跟你们说什么来着！”乔克笑着说，“他总是这样骂其他人，所以我们只好让他单独干农活，离他们远远的。不过，他说得有道理，这里的大多数雇工对农活一窍不通。真希望继父能帮我们雇几个干活的老手，而不是这些家伙！”

“你继父呢？”朱利安问道，心想此人在这样一个荒原小农场大把砸钱，却挑了一帮不会干农活的雇工，他一定不同寻常。

“他今天出门了。”乔克回答道。“谢天谢地！”他

斜眼看着大家，补充了一句。

“怎么啦，你不喜欢他吗？”狄克好奇地问道。

“他还好啦，”乔克说，“但他不是农民，尽管他声称自己一直想做农民，而且他一点儿也不喜欢我。为了妈妈，我尽力让自己喜欢他。不过他不在家时我总是很开心，眼不见心不烦嘛。”

“你妈妈人真好。”乔治说。

“喔，是的，妈妈真了不起，”乔克说，“再次拥有一个属于自己的小农场，能够用上像样的农机具经营农场，诸如此类，你们不知道这些对于她来说意味着什么。”

他们来到一个大仓房，仓房门上了锁。“我之前告诉过你们里面放了什么，”乔克说，“是卡车！你们可以从这个洞瞄一眼。不知道我继父为什么要买这么多卡车，不过我猜他买得很便宜——他喜欢把东西低价买进，高价卖出！他确实说过卡车在农场能派上用场，可以拉货到集市去。”

“是的，昨天我们来农场时你跟我们说过，”狄克说，“但是你们有很多马车可以拉货呀！”

“没错，我觉得他买这些卡车根本不是为了农场，而是把卡车囤在这里，等价钱走高时出手，这样他就

可以赚一大笔钱，”乔克压低嗓音说，“我没把这些告诉妈妈，只要她能得到她想要的农场设备，我就保持沉默。”

孩子们对这一切饶有兴趣。他们觉得安德鲁斯先生一定不同凡响，希望能见到他。安努力脑补他的形象。

“他又高又大、皮肤黝黑、眉头紧锁、让人害怕、缺乏耐心，”她想，“他肯定不喜欢小孩子，这样的人从来不喜欢小孩子。”

孩子们在小农场各处转悠，度过了一个愉快的上午。他们回去看柯利牧羊犬比迪和它的小乳狗。提米夹着尾巴，耐心地站在棚舍外等待主人。乔治对别的狗这么感兴趣，它可不喜欢。

铃声大作。“太好了！开饭了！”乔克说，“我们都弄得脏兮兮的，最好先洗洗手。希望你们已经饿了，因为我猜妈妈给我们准备了丰盛的午餐。”

“我感觉我的肚子饿得咕咕叫了，”安说，“好像我们是很久以前吃的早餐，我差不多忘了我们已经吃过早餐了！”

大家深有同感。他们走进农舍，惊讶地发现有一个精致的小盥洗室可以洗手。安德鲁斯夫人在盥洗室，给他们拿出一卷干净的毛巾。

“这个小盥洗室不错吧！”她说，“我丈夫叫人为我建的。这是我拥有的第一个像样的盥洗室！”

令人垂涎欲滴的香味从楼下的厨房飘上来。“快点吧，快点洗吧！”乔克边说边拿过肥皂，“妈妈，我们马上就下来！”

他们说到做到。有一顿丰盛的大餐在楼下召唤，谁还会磨磨蹭蹭地洗手呢！

想想吧

1. 农场的男孩叫什么名字？
他的狗叫什么名字？

2. 比迪有几只小奶狗？

3. 乔克在几个农场生活过？

第七章　安德鲁斯先生回家

大家就座吃饭。午餐有一个大大的肉馅饼，还有冷火腿、沙拉、带皮土豆和自制泡菜。真不知道吃哪一样才好。

“两样都尝一点儿吧，”安德鲁斯夫人边说边切馅饼，“先吃肉饼，接着吃火腿。这就是在农场生活的好处，呃，吃的东西很多。”

第一轮菜之后是李子配浓奶油，或者果酱夹心馅饼配浓奶油。大家敞开肚皮，大吃特吃。

“我这辈子从来没吃过这么好吃的东西，午餐好吃到爆，安德鲁斯夫人，”安终于开口了，“真希望能再吃点儿，可是我实在吃不下了。”

“棒极了！”狄克说，这是假期里他最喜欢说的词，“棒极了！”

“汪！”提米赞同地叫了一声。它吃了一大碟子肉

骨头、饼干和肉汁。它把每一粒碎屑、每一滴汤汁都舔得干干净净。此刻，提米觉得这一天什么事都不想干了，只想晒着太阳舒舒服服地打个盹儿。

孩子们也有同感。安德鲁斯夫人给每个孩子一块巧克力，把他们打发出门。“现在你们去休息一会儿吧，”她说，“跟乔克说说话，放假他没有同龄的小伙伴。要是喜欢，你们可以继续留下来喝下午茶。”

“谢谢。”大家异口同声表示感谢。尽管他们都觉得连一块饼干都吃不下了，不过，在农场这么开心，他们很乐意留下，想尽量多待一会儿。

“我们可以抱比迪的一个宝宝过来跟我们在一起吗？”安问道。

“如果比迪不介意的话，”安德鲁斯夫人边说边开始收拾，“还有，如果提米不把它吃掉的话！”

“不会的，提米做梦都不会这么想！”乔治当即说道，“安，你去抱狗宝宝，我们去找个晒太阳的好地方。”

安去抱小乳狗，比迪似乎一点也不介意。安搂着胖嘟嘟的小家伙，乐滋滋地跑去找大伙儿。三个男生和乔治找到了一个好地方，他们背靠一堆干草坐着，太阳晒在身上，暖融融的。

“你们家的雇工午餐的时间好像很长啊。”朱利安

见附近没有任何人干活，说道。

乔克哼了一声。“他们懒到骨子里去了。如果我是继父，我会把他们全都炒鱿鱼。妈妈跟他说过那些人干活有多么差劲，可他没说过他们半句。我都懒得操心了，又不是我给他们发工钱，如果是我，我会让他们全部卷铺盖走人。”

“我们问问乔克有关幽灵火车的事吧，”乔治摩挲着提米的耳朵，说，“说说幽灵火车会很有意思的。”

“幽灵火车？到底是什么东西啊？”乔克惊讶地瞪大双眼问道，“我从来没听说过！”

“你真的没听说过吗？”狄克问道，“对了，乔克，你住的地方离它们不远！”

“跟我说说吧，”乔克说，“幽灵火车，不，我从来没听说过。”

“好吧，我把我们所知道的都告诉你吧，”朱利安说，“实际上，我们还以为你比我们了解要多一些，以为你有更多细节可以告诉我们呢。”

朱利安开始跟乔克讲他们去探访废弃的火车调车场的事，还有木腿萨姆和他反常的言行举止。乔克都听入迷了。

“啊呀！我当时要是跟你们在一起该多好。我们一

起去那里，好吗？”他说，“这可真是你们的一次大冒险啊！唉，我这辈子还没有经历过一次惊险奇遇呢，连一次小历险都没有。你们有吗？”

四个孩子你看看我，我看看你，提米则看着乔治。惊险奇遇！他们有过惊险奇遇吗？他们经历过的还真不少！

“有啊，我们的惊险奇遇可多了，那都是真正的惊险奇遇，惊心动魄的那种。”狄克说，“我们探查过地牢、在岩洞里迷过路、找到过秘密地道、寻找过宝藏……嗐！我没法儿跟你说，我们的惊险奇遇跟你讲三天三夜都讲不完！”

“不，不会的，”乔克迫不及待地央求，“你就跟我说说，继续说说吧。你们四个人都去探险了吗？小安也去了吗？”

“是的，我们都去了，”乔治回答，“还有提米呢。它有好几次救我们脱离险境。提姆，是不是？”

“汪！汪！”提米赞同主人的说法，尾巴用力摔打在干草垛上。

兄妹四个开始给乔克讲述他们的数次历险。乔克是个非常非常专注的听众。每当他们讲到最惊心动魄的时刻，他的脸就会变成红棕色，眼珠子都快掉出来了。

“哎呀！”他终于开口了，“我这辈子从没听说过这样的事情。你们真幸运啊！你们一直到处游玩，到处历险，是吗？嗐，你们觉得这个假期在这里会有惊险奇遇吗？”

朱利安笑了笑，说：“不会啦，在这片荒凉的平原上，能有什么险好探啊！对了，你在这里住了三年了，连一次小历险都没有吗？”

乔克叹了一口气。“是的，没有。”说完他的眼睛又亮了，“可是，听我说，你们问我的那些幽灵火车怎么样？说不定你们会来一次幽灵火车历险呢。”

“啊，不，我不想探险，”安胆战心惊地说，“幽灵火车历险，太恐怖了。”

“我想跟你们一起去那个旧火车调车场，还有，看看木腿萨姆。”乔克一脸渴望地说，“啊呀，对我来说，这将是真正的探险，呃，只是跟那样一个怪老头儿说说话，看他会不会突然把煤渣砸到我们头上。下次你们去的时候带上我吧。”

“喔，我还不确定我们要不要再去，”朱利安说，“除了想象，他的故事真的没有什么价值——那个老看守长时间孤零零地守着那么一个调车场，没有任何事情发生，也没有任何人来，搞得他的脑子有点不正

常了。他只记得那条铁轨被废弃之前火车进进出出的情景。”

“可是那个羊倌说的跟萨姆一样啊。”乔克说，“嗨，找个晚上去那里蹲守，看看究竟有没有幽灵火车，怎么样？”

“不要去！”安胆战心惊地说。

“你可以不去啊，”乔克说，“我们三个男生去就好了。”

“还有我呢，”乔治立即说，“我可不比男生差，你们休想甩掉我。提米也要去。”

“啊呀，求求你们不要做这些可怕的计划，”安可怜巴巴地恳求道，“再这样下去，你们会出事的。”

没有人在意安。朱利安注视着乔克兴奋的脸庞。“好吧，”他说，“如果我们确定了再去那里，就告诉你。如果我们觉得有必要去蹲守幽灵火车，就带上你。”

乔克恨不得拥抱一下朱利安。“太棒了，”他说，“非常感谢。幽灵火车！嗨，假设我们真的看到幽灵火车，开车的会是谁呢？火车可能是从哪里开来的呢？”

“木腿萨姆说火车是从隧道里开出来的，”狄克说，“除了听它们发出的响声，不知道还有什么办法能发现它们。因为很明显，幽灵火车昼伏夜出。即便我们

到了那里，也看不到什么。”

这个话题让乔克兴奋不已，他一个下午都在谈论幽灵火车。安都听烦了，抱着比迪的狗宝宝睡着了。提米本来想出去溜达溜达，见他们聊得热火朝天，知道没什么指望，便蜷在乔治身边也睡着了。

不知不觉就到下午茶时间了。铃响了，乔克显得很惊讶。

“喝下午茶啦！真是难以置信！啊呀，跟你们聊这些，让我激动了一个下午。听我说，如果你们不下定决心去寻找幽灵火车，我就一个人去。要是我能有一次像你们那样的惊险奇遇，我就很开心了。”

他们好不容易把安叫醒，然后进屋喝下午茶。安把狗宝宝送回去给比迪，狗妈妈很高兴地接纳了宝宝，把它全身上下舔了个遍。

朱利安惊讶地发现自己肚子又很饿了。“哎呀，”他在餐桌边坐下来，说，“我还以为我一个星期都不会饿呢，但我还是饿了。安德鲁斯夫人，下午茶太丰盛了。乔克总是有这么多好吃的，真幸福！”

下午茶有自制司康饼配新鲜的蜂蜜，有涂了厚厚一层黄油的面包片配新做的奶油奶酪，有新鲜出炉热乎乎的黏黏的棕色姜饼；还有一个大大的立方体水果

蛋糕，蛋糕切开时里面黑乎乎的，跟李子布丁像极了，几乎可以乱真。

“唉！要是午餐我没吃那么多就好了，”安叹息道，“我多想每样东西都尝一点儿啊，可我还不是很饿，吃不下那么多！”

安德鲁斯夫人笑了起来。“你尽量吃，我还会给你们打包带一些走，”她说，“你们可以拿点奶油奶酪、司康饼配蜂蜜，还有我今天早上烤的面包。也许你们会喜欢姜饼，可以要一块。我做了很多。”

“好啊，谢谢，安德鲁斯夫人，”朱利安说，“这么多东西够我们明天吃一天了。您的厨艺真好。要是我在您的农场生活就有口福了。”

大家听到有一辆汽车沿着崎岖的小路缓缓向农舍驶来。安德鲁斯夫人抬起头来望了望。“安德鲁斯先生回来了。”她说，“他是我丈夫，呃，是乔克的继父。”

朱利安感觉她显得有点不安。也许安德鲁斯先生不喜欢小孩子，他劳累了一天回到家里，看到孩子们坐满他的餐桌，兴许会不高兴。

“安德鲁斯夫人，我们是不是该走了？”朱利安彬彬有礼地问道，“也许安德鲁斯先生回家时想安安静静地享受一顿下午茶，我们人太多了，会不会打扰他？”

乔克妈妈摇了摇头。“不用，你们可以留下。如果他愿意，我可以让他在另一个房间吃。”

安德鲁斯先生走进屋里。他长得一点儿也不像安或者其他小伙伴想象的那样。他个子矮小，皮肤黝黑，一张虚弱的脸上顶着个硕大的鼻子，很不般配。他看起来像是受到了打扰，脾气有些不太好。见到五个孩子时，他只是稍稍停留了一下。

“回来了，亲爱的，”安德鲁斯夫人说，“今天乔克有朋友。你要不要在你的房间里喝下午茶？我可以端一个托盘到房里。”

“也好，”安德鲁斯先生勉强笑了笑，“也许这样最好。今天我劳累了一天，没吃什么东西。”

“那我用托盘给你装点火腿、泡菜和面包，”安德鲁斯夫人说，“马上就好，你先去洗洗手吧。”

安德鲁斯先生出去了。安很惊讶，他显得那么矮小，看上去一点儿也不聪明。她原以为他长得高大魁梧，头脑聪明，见过很多世面，是做大生意挣大钱的那种。不过，他能挣到足够的钱满足安德鲁斯夫人经营农场的需要，应该属于那种很精明的人。

安德鲁斯夫人忙碌起来，在托盘上铺上一块雪白的垫布，往托盘里装上一碟又一碟好吃的。安德鲁斯

先生在盥洗室溅起的水声传到楼下。洗完手后他走下楼，在门口探头进来。“我的下午茶准备好了吗？”他问道，“嗨，乔克，今天玩得开心吧？”

“玩得很开心，谢谢！”继父从他母亲手上接过托盘，转身要走时，乔克回答，“今天上午我们在农场到处转悠，下午聊聊天。噢，对了，先生，您知道幽灵火车吗？”

安德鲁斯先生刚要走出门，听到这话又惊讶地转过身来。“幽灵火车？你在说什么呀？”

“是这样的，朱利安说离这里不远的地方有一个荒废的旧火车调车场，夜里有幽灵火车从隧道里开出来。”乔克说，“您听说过吗？”

安德鲁斯先生惊呆了，他看着继子，一动不动愣在那里。回过神之后，他回到屋里，踢了一下身后的门，把它关上。

“我还是在这儿喝下午茶吧。”他说，“啊呀，乔克，你们居然听说了那些幽灵火车！因为怕吓着你们，我一直留神没跟你和你妈妈提起。”

“哇！”乔克说，“这么说真的有幽灵火车？不可能吧。”

“你把你们知道的都告诉我，还有你们是怎么知道

的。”安德鲁斯先生边说边端着托盘坐下来，“继续说，什么也别落下，我想知道所有的事情。”

朱利安有些犹豫了。“唔，先生，真没什么好说的，全是一派胡言。”

“告诉我！”安德鲁斯先生差不多吼起来了，“你们说完，我再告诉你们几件事。听好了，你们千万不要再靠近那个废弃的火车调车场了，谁也不许去！”

想想吧

1. 乔克有过惊险奇遇吗？

2. 朱利安打算带乔克去探险吗？

3. 安德鲁斯先生的长相跟小伙伴们的想象一致吗？

第八章　慵懒的傍晚

安德鲁斯先生朝五个孩子吼叫时，孩子们和安德鲁斯夫人诧异地盯着他。他重复道：

“继续说！把你们知道的统统告诉我，然后我把我知道的都告诉你们！”

朱利安决定把在旧火车调车场所发生的事和木腿萨姆所说的话简明扼要地告诉他。他把故事讲得平淡无奇，但安德鲁斯先生饶有兴致地听他往下讲，视线一刻也没离开他。

然后，他舒舒服服地坐好，一口气喝了一大杯浓茶。孩子们等着他开口，很好奇他要说些什么。

“听好了，”他清了清嗓子，郑重其事地说，“你们都给我听好了：你们谁也不许再去那个调车场了，那个地方很凶险。”

“为什么？”朱利安问道，“很凶险——什么意思？”

“很久很久以前那里发生过一些事情，”安德鲁斯先生说，“坏事，应该说是事故。从此以后那个调车场就关掉了，那条隧道就不再使用了。明白了吗？谁都不许去那里，也没有人去那里，因为人们都吓坏了，他们知道那个地方凶险，那里有晦气的事情发生。”

安觉得害怕。“可是，安德鲁斯先生，您不会说真的有幽灵火车吧？”安脸色煞白地问道。

安德鲁斯先生努努嘴，严肃地点了点头。“我正是这个意思。幽灵火车来了又走，没有人知道为什么。但是幽灵火车出来的时候，在场的人会倒霉，他们有可能把人抓走，明白了吗？”

朱利安笑了。“哦，先生，肯定没那么糟糕！不过，您吓着安了，我们还是换个话题吧，我可不相信有什么幽灵火车。”

但是安德鲁斯先生似乎不愿意结束这个话题。“火车开出来时木腿萨姆躲起来，他这么做是很明智的，”他说，“他从来不知道火车夜里什么时候会从那条隧道里悄悄地开出来，我真不知道他怎么能在那么凶险的地方待下去。”

朱利安不想让安再受到惊吓，他从餐桌旁站起来，转向安德鲁斯夫人。

“非常感谢您的盛情款待，今天我们在这里吃得好喝得好也玩得好！”他说，“我们该告辞了。安，我们走吧。”

“等等，”安德鲁斯先生说，“我只是想严肃地警告你们，不许你们去那个火车调车场。乔克，你听到了吗？你去了就有可能永远回不来了。深更半夜有幽灵火车出没，老木腿萨姆疯了，很有可能疯了。那个地方晦气又危险，你们千万不要靠近那个地方！”

“好吧，先生，谢谢您的提醒。”朱利安彬彬有礼地说，他突然很不喜欢这个长着大鼻子的小个子男人。“我们得走了。再见，安德鲁斯夫人。再见，乔克，明天过来跟我们一起野餐，怎么样？”

“啊，谢谢！好啊，我一定来。”乔克说，“不过，等一等，你们不打算带点吃的东西走吗？”

“对了，他们当然要带吃的东西走。”安德鲁斯夫人边说边从椅子边站起来。他们的谈话让她很困惑。她从房里出来，来到盥洗室，那里有一个大大的食品冷藏柜。朱利安提着两个篮子跟着她。

“你们多带点吃的，我知道你们小孩子胃口好着呢。”安德鲁斯夫人边说边往篮子里放面包、黄油和奶油奶酪，“好啦，可别被我丈夫刚才说的话吓到了，

我发现小安吓坏了。我来这里三年了，从来没听说过有幽灵火车。我丈夫执意警告你们不要去那个调车场，喔，我觉得那些话不大可信。”

朱利安什么也没说。他觉得安德鲁斯先生对这件事的反应很奇怪。他是不是那种对什么荒谬的事都信以为真然后把自己吓坏了的人？他看上也太懦弱无能了！朱利安不禁纳闷，安德鲁斯夫人这么好的人，怎么会嫁给这种窝囊废呢？不过，乔克所说的应该很有道理，安德鲁斯先生很慷慨，也许乔克的妈妈很感激丈夫给她一个农场和经营农场所需要的钱。一定是这样的。

朱利安向安德鲁斯夫人道谢，执意要付钱给她，尽管她乐意将食物免费奉送。两人回到厨房，厨房里只剩下安德鲁斯先生还在吃着火腿和泡菜，小伙伴们都出去了。

“再见，先生。”朱利安礼貌地跟安德鲁斯先生道别。

“再见。孩子，记住我刚才跟你们说过的话，”安德鲁斯先生说，“厄运会降临在看到幽灵火车的人头上，没错，可怕的厄运。离幽灵火车远点。”

朱利安礼貌地笑了笑，然后走了出去。现在是傍

晚时分，太阳落到荒原上的小山后边了，不过离太阳消失还有好长时间。他追上弟弟妹妹，乔克跟他们在一起。

“我送你们半程吧。”乔克说，“嗨！我继父很害怕那些幽灵火车，是吧？”

“他警告我们有幽灵火车时，我也觉得很害怕，”安说，“我再也不去那个调车场了。乔治，你还去吗？”

“如果男生去，我就去。”乔治说。不过她看起来不是很想去。

“你们打算再去那个调车场吗？”乔克急切地问大家，“我不害怕，一点儿都不怕。去蹲守幽灵火车会是一场冒险。”

“可能会去吧，”朱利安说，“如果我们去，就带上你，但女生就不要去凑热闹了。”

“哼，我要去！”乔治生气地说，“你们别想把我撇下！我什么时候害怕过了？我跟你们一样勇敢。”

“没错，我知道。一旦我们发现那是一个荒谬的故事，你就可以去了。”朱利安说。

“无论你们什么时候去，我都要跟着，”乔治怒气冲冲地回答，“要是你们胆敢丢下我，我就再也不跟你们说话了。”

乔克见乔治勃然大怒，非常诧异，他之前不知道她会那么凶。

“我不明白乔治为什么不能去，”他说，“我敢打赌她没有哪一点不如男生，我第一次见她时还以为她是男生呢。”

乔治对他献上最甜美的微笑，没有什么比这话更中听啦！但朱利安不为所动。

“我说话算数。如果我们真的去，女生还是不要去的好。就这么定了。一方面，安肯定不想去；另一方面，如果乔治丢下安去了，安就会孤零零地留在营地，她不喜欢这样吧。”

“她可以给拉菲先生做伴呀。”乔治说完又绷起一张臭脸。

“傻瓜！难道我们会告诉拉菲先生，说我们要去一个荒废的火车调车场探险？告诉他调车场由一个发誓说有幽灵火车的独腿疯子看守？”朱利安说，“那样的话，他会阻拦我们的，你知道大人都是怎么回事。或者他会跟我们一起去，那样更扫兴啦。”

“没错，他会一直观看蛾子，而不是幽灵火车。”狄克笑着说。

“我该回去了，”乔克说，“今天玩得真开心。明天

我过来跟你们一起野餐。再见啦！”

大家跟乔克道别，继续往营地走。再次看到营地，感觉真温馨。两顶帐篷在微风中轻轻摇动，等待他们归来。安掀开门帘，挤进帐篷，急于查看帐篷里的东西是否原封未动。

帐篷里很热，安决定把带回来的食物放到那一大丛荆豆下面，那里会凉快一些。她迅速地忙碌起来。两个男孩到下面去看拉菲先生是不是回来了，但没见人影。

“安！我们要去小溪里洗个澡！”他们大声喊道，“我们好热，身上脏兮兮的。你去不去啊？乔治也去。”

“不，我不去了，”安大声回答，“我有好多活儿要干呢。”

两个男孩朝对方笑了笑，安是那么喜欢“过家家”。于是他们往小溪走去，让安在营地忙活。不一会儿，安就听见从小溪那里传来的打闹声。溪水比他们预想的要冷，大家都不愿意一动不动地泡在小溪里，他们打起水仗来，冰凉的水珠落在他们温暖的身上，冷得他们直叫唤。提米并不觉得溪水有多冰凉，它在小溪里不断地翻滚，自得其乐。

“瞧它美的，在那儿炫技呢！”狄克说，“啊哈，

提米，要是我能像你一样穿着一身厚毛皮洗澡，我也不怕冰凉的溪水了。”

“汪！”提米叫了一声，爬上浅滩。它使劲甩了甩身子，成千上万颗冰凉晶莹的水珠从它身上飞出，落在三个浑身战栗的孩子身上，他们尖叫着把它赶跑了。

这是一个愉快而慵懒的傍晚。拉菲先生根本没有出现。安给大家准备了一顿简单的晚餐，没有人还有胃口再吃一顿大餐。晚餐有面包、奶油奶酪和一块姜饼。他们躺在欧石楠丛中，惬意地交谈着。

“这就是我喜欢的假期。”狄克说。

“我也喜欢，”安说，“除了幽灵火车有点儿败兴。”

“安，别傻了，”乔治说，“如果那些火车不是真的，那就是一个荒谬的故事而已；如果是真的，嗯，那我们就可能有一场惊险奇遇。”

大家沉默了一会儿。“我们还要去那个调车场吗？”狄克懒洋洋地问道。

“去啊，”朱利安回答，“安德鲁斯老爹的奇怪警告吓不住我。”

“那我们找一个晚上去蹲守，看看是不是真的有幽灵火车开出来。”狄克建议。

“我也要去。”乔治说。

“不行，你不要去，”朱利安说，“你留下来陪安。”

乔治什么也没说，但每个人都嗅到空气中弥漫着一股反抗的气息。

“要不要告诉拉菲先生？”狄克问道。

“你知道我说过了不告诉他。”朱利安说完打了一个哈欠，“我想睡觉了。太阳落山了，天很快就要黑了，不知道拉菲老爷子在哪里。”

“我要不要等他回来，看他是不是需要吃点什么？”安有些担心地问大家。

“不用等。除非你想等到半夜不睡！”朱利安回答，“他帐篷里会有吃的，没事的。我要睡觉去了。狄克，你去睡吗？”

两个男孩迅速钻进了睡袋。两个女孩在欧石楠丛中又躺了一会儿，听着黄昏回巢的杓鹬孤独凄凉的叫声，然后她们也进了帐篷。

两个男孩刚刚安全地钻进睡袋，就猛然清醒了，他们低声交谈起来。

“我们是白天带乔克下去看那个调车场呢，还是哪天晚上去蹲守‘不知从哪里冒出来的火车’？”朱利安问狄克。

“我们晚上去蹲守吧，”狄克回答，“白天我们绝对

看不到幽灵火车。木腿萨姆是个有趣的老头儿，特别是他捡起煤渣砸人的时候，不过我不知道自己是不是还有兴趣再去拜访他！”

“嗯，明天上午乔克过来的时候，如果他很想去看一看，我们最好带他去，”朱利安说，“如果我们想晚上去，哪天晚上都可以。”

“好啊，我们等着听乔克怎么说吧。”狄克说。他们又说了一会儿话之后，睡意向他们袭来。狄克刚要睡着，却听见有什么东西从欧石楠丛中绕着走过来，然后发现一个脑袋卡在帐篷口。

“如果你敢进来，我就一巴掌扇到你的臭脸上，”狄克以为来者是提米，“我知道你想干什么，你这个讨厌的狗狗，你想趴在我的肚皮上。你给我滚回去！听见了吗？”

帐篷口的脑袋动了动，但没离开。狄克用一只胳膊支起身子来。

“你敢伸一只爪子到我的帐篷里，我就让你滚下山去！”他说，“白天我很喜欢你，但晚上不喜欢你，反正，我在睡袋里的时候不喜欢。快滚！”

那个脑袋发出表示歉意的声音，然后说话了：“喔，你们都醒着呢，我明白了。你们都好吧？两个小姑娘

也都好吧？我刚回来呢。”

“天哪！是您啊，拉菲先生，”狄克吓了一跳，“啊呀，先生，非常抱歉，我还以为是提米，要来趴在我身上睡觉，它经常这么干。先生，真对不起。”

“没事！”那个黑乎乎的脑袋发出一阵哧哧的笑声，“你们都平安无事就好。明天见！”

想想吧

1. 安德鲁斯先生允许小伙伴们去废弃的火车调车场吗？为什么？

2. 朱利安打算带乔治去探险吗？为什么？

3. 小伙伴们准备去探险，他们打算告诉拉菲先生吗？为什么？

第九章　深夜来客

第二天早上拉菲先生睡到很晚才起来，大家都不想打搅他。狄克告诉两个女孩，昨天晚上他把拉菲先生当成提米呵斥了一顿，她们听了又是笑又是叫。

“他没生气，可能觉得这件事很搞笑，希望他今天早上还是这么想的！”狄克说。

大家坐在一起吃早餐，有火腿、番茄和头天安德鲁斯夫人给的面包。提米跟平常一样，吃大家给它留下的最后一口。乔治在给面包涂奶油奶酪，提米真想舔一口，真希望乔治让它舔一口。提米可喜欢奶酪了，它眼馋地看着碟子里的奶酪，围着乔治叹息。它可以一口把那块奶酪吞进肚子里！要是能一口把奶酪吃了该多美啊！

“不知道乔克什么时候过来，”乔治说，“如果他很快就过来，我们可以在荒原上美美地走很长一段路，

然后找个地方野餐。乔克应该知道一些不错的路线。”

“对，我们先玩一会儿，等他来了，让他给我们做导游，带我们去他认识的最美的路线走一走。”安说，“啊呀，提米，你这坏狗，你把我手上一块可口的奶油奶酪都吃掉了！”

“哈哈，你把奶酪放在它鼻子底下挥来挥去的，你还能指望什么结果呢？”乔治说，“它还以为是你给它吃的呢。”

“好吧，不会再有它的份了，奶油奶酪太珍贵了，”安说，“啊，天哪，我们怎么那么大胃口啊。我们接连带回一堆一堆的食物，但它们一下子就被我们干掉了。”

“估计乔克还会带一些吃的过来，”狄克说，“他很善解人意。你们看了他妈妈那间大储藏室吗？那个储藏室嵌进墙里，就像一个巨大的岩洞，有几十层石架，架子上摆满了食物。难怪乔克是个小胖了。”

“他胖吗？我从来没注意，”安说，“听，是他在吹口哨吗？”

实际上是高空中一只杓鹬在鸣叫。“时间还早，乔克还没来呢，”朱利安说，“安，我们来帮你收拾碗碟吧。”

“不用了，让我和乔治收拾吧，”安谢绝了，“你们

下去看看拉菲先生是不是醒了，要是他喜欢，他可以来这里吃点火腿，吃几个番茄。”

朱利安和狄克来到拉菲先生的帐篷前面。拉菲先生起来了，正坐在帐篷口吃早餐呢。他对兄弟俩挥了挥三明治。

“你们好啊！今天早上我起得晚。昨天我跑得太远了，回来时走得很费劲。狄克，昨天晚上把你吵醒了，真不好意思！”

“没有啊，那时我还没睡着呢。”狄克的脸涨得通红，“拉菲先生，您昨天收获不错吧？”

“有点儿失望，没有找到我想找的昆虫，”拉菲先生说，“你们呢？昨天玩得开心吧？”

“很开心。”狄克说完，给拉菲先生讲了昨天经历过的事情。拉菲先生似乎对每一件事都很感兴趣，连安德鲁斯先生叫他们不要去火车调车场时发出的相当吓人的警告，他也听得饶有兴致。

“听上去他并不聪明啊。”拉菲先生边说边抖掉了胸前的食物碎屑，“不过，如果我是你们，我会远离那个调车场。你们要知道，流言不会无缘无故地传开。无风不起浪嘛！”

“呀，先生，您肯定不相信那里的火车怪异吓人

吧？”狄克有些惊讶地问。

“喔，我不信，我甚至怀疑那里是不是有火车，”拉菲先生回答，“不过，如果一个地方名声不好，最好还是离那个地方远点儿。”

“我想也是，先生。”狄克和朱利安异口同声地回答。然后他们急忙岔开话题，生怕拉菲先生也像安德鲁斯先生一样不许他们去探访那个火车调车场。大人越是警告他们不许他们去，他们越是觉得必须去看一看！

“好啦，我们得回去了，”狄克说，“我们在等乔克过来，就是农场的那个男孩。我们打算带上吃的出去走一走。先生，您也打算出去吗？”

“今天不去了，”拉菲先生说，“昨天我跑的路太远，老胳膊老腿又累又僵，我要把我捕捉到的一些昆虫制作成标本。而且我想见见你们那个农场的朋友，他叫什么来着？乔克吗？”

“是的，先生，”朱利安回答，“好啊，他一到我们就带他过来，然后我们就出去。您今天一整天都会很清静的！”

可是乔克没来。孩子们等了他一个上午，他还是没有出现。他们一直等到肚子饿得咕咕叫了，才在帐篷前的欧石楠丛中吃了午饭。

“奇怪，”朱利安说，“昨天他送我们到半路时，我们给他指明了营地的方向，他知道我们的营地在这里啊。也许今天下午他会来吧。”

但他下午也没来，下午茶后还是没出现。朱利安寻思要不要去他家里看看是怎么回事，但最后决定还是不去为好。乔克没来，一定是有原因的，而且安德鲁斯夫人也不见得会喜欢他们一连两天都去拜访她。

这一天真让人失望啊。他们不想离开帐篷，连出去溜达一会儿的心思都没有，就怕乔克过来后见不到他们。拉菲先生一整天都在忙着做昆虫标本。乔克让孩子们失望，拉菲先生为此感到遗憾。“明天他会来的，”他说，“你们吃的东西够吗？想要的话那边那个罐子里还有一些。”

“不用了，先生，谢谢了，”朱利安说，“我们还有很多吃的，真的。我们准备玩纸牌戏了，您要不要跟我们一起玩啊？”

“好啊。”拉菲先生说完站起来，伸了个懒腰，“你们会不会玩拉米纸牌游戏[1]？”

他们当然会玩啦，而且每次都是大获全胜，可怜的

---

① 一种纸牌戏，有时玩两副牌，玩牌者试图使手上的牌凑成同点套牌和同花顺子。

拉菲先生输得一塌糊涂，因为他根本不会玩。他怪自己手气不好，不过他玩得很开心。他说他打得不好的唯一原因是，提米一直站在他身后往他的脖子里吹气。

“提米觉得它的牌技比我好，”拉菲先生抱怨道，“每次我出错牌，它就更使劲地往我脖子里吹气。”

大家哈哈大笑。乔治心想要是提米能握住牌，也许比拉菲先生打得更好。

乔克根本没来。大家看不清手上的牌了，于是把牌收好。拉菲先生宣布他要去睡觉了。“昨晚我回来很晚，”他说，“今天我真的要早点睡。”

孩子们觉得他们也该睡觉去了。夜幕降临时想到舒适的睡袋总是让人觉得很温馨。

两个女孩钻进睡袋，提米趴在乔治身上。两个男孩差不多同时进睡袋，狄克大声打了个哈欠。

“朱，晚安。”狄克说完就进入了梦乡。片刻之后，朱利安也沉沉入睡。实际上，当提米发出低沉的呜呜声时，大家都已酣然入梦。提米叫得很轻，两个姑娘都没听见，远处帐篷里的狄克和朱利安就更听不见了。

提米抬起头来专注地听，接着又轻轻地呜呜叫了一声。它再次凝神倾听。最后它站起来，甩了甩身子，悄悄走出帐篷，支起耳朵，翘起尾巴，不过还是

没有惊动乔治。它听到有人或者是有什么东西，尽管它觉得没有什么危险，但还是要摸清情况。

狄克正酣睡，这时他感觉有什么东西在摩擦帐篷壁。他一下子被惊醒，他坐了起来，发现帐篷口有个黑影在往里面看。

那是提米，还是拉菲先生？这回他不能再搞错了。他等着黑影说话，可是影子没开口！他只是待在那里，好像在听帐篷里的动静。狄克可不喜欢这样。

“提米！”他终于轻轻说话了。

接着黑影说话了：“是狄克吗？还是朱利安？我是乔克啊。提米在我身边呢。我可以进来吗？”

“乔克！”狄克惊讶地说，“这么晚了，你怎么跑来了？今天白天你怎么没来啊？我们等了你很久呢。”

“我知道，太对不起了。”乔克说完蠕动身子爬进帐篷。狄克捅醒了朱利安。

“朱利安！乔克来了，还有提米。提米，从我身上下来。乔克，过来，你试试能不能挤进我的睡袋，我想我的睡袋能容纳两个人。”

“好啊，谢谢。”乔克说完，勉强挤进狄克的睡袋。“真暖和啊！哎呀，非常抱歉，我白天没过来。我继父心血来潮，要我陪他出去了一整天。我也不知道为

什么，他一般都不关心我。”

“他太坏了，他明明知道你要过来跟我们野餐，”朱利安说，“有什么重要的事情吗？”

“不，根本不重要，”乔克回答，“他开了大约 40 英里的车到恩德斯菲尔德，把我放在那里的公共图书馆，说他稍后就回来接我，结果他过了下午茶时间才回来！幸好我带了三明治。气死我了！”

“没关系，你明天再来吧。”狄克说。

“明天来不了，”乔克绝望地说，“他已经安排好了，要我去看他一个朋友的孩子，男孩叫塞西尔 · 迪尔罗夫——这个名字可真好听啊[1]！明天我要跟这个讨厌的男孩玩一天呢。最糟糕的是，妈妈对这个安排很满意。她总是觉得我继父对我关心不够，但我巴不得他不关心呢。”

“哎呀，那你明天也来不了啦，”朱利安说，“那，后天怎么样？”

“后天应该可以吧，”乔克回答，“但我总感觉后天我要被这个亲爱的塞西尔纠缠一天，我要带他去看奶牛啦，小乳狗啦！唉！我什么时候才能跟你们兄妹四

① 狄尔罗夫（Dearlove）谐音“亲爱的”。

个和提米在一起玩啊？”

“真不凑巧，”朱利安说，“真不走运。”

“我想我最好过来跟你们说一声，”乔克说，“今天晚上我一逮着机会就溜出来了。对了，我给你们带了些吃的，我想你们应该需要。郁闷死了，不能去探险——呃，就是去探访那个火车调车场。我本来想让你们今天带我去的。”

“好吧，如果你明天也来不了，后天大概也不行，那找一个晚上去怎么样？”狄克问道，“你明天晚上的这个时间能过来吗？我们不要把这事告诉姑娘们，我们三个男生去就好了，去蹲守幽灵火车！”

乔克激动得说不出话来，他高兴地长舒了一口气。狄克笑了。

“先不要太激动，说不定我们什么也看不到呢。如果你有手电筒的话，就带只手电筒来吧。到我们的帐篷时推一下我的脚趾，也许那时我还没睡着，要是我睡着了，你推两下我就醒了！当然了，不要对任何人泄露半点风声哦。”

“最好不要告诉别人，”乔克欣喜若狂地说，“好了，我该走了。夜里走在荒原上感觉怪怪的，没有月亮，星光也很暗。我把吃的放在帐篷外面了，最好看

着提米，别让它吃掉了。”

“好啊，太感谢了。”朱利安说。乔克爬出狄克的睡袋，退出帐篷，提米一直热情地舔着他的鼻子。乔克找到食品袋，把它卷起来交给朱利安，朱利安把食品袋放在防潮布下。

“晚安。”乔克轻声道别，踏着欧石楠离去。乔克这个不速之客的来访，给了提米在半夜里溜达一下的机会。提米去送他，乔克则乐得有提米做伴。提米把乔克送到农场，然后蹦蹦跳跳地从荒原返回营地，虽然很想去抓在这里那里嗅到的野兔，但它心里还是想着尽快回到乔治身边。

第二天早上，安惊喜地在荆豆丛下的食品柜里发现了食物。朱利安飞快地把东西放到那里，想给她一个惊喜。“快来看哪！”她惊喜地叫道，“这里有肉馅饼、番茄、鸡蛋，这些东西到底是从哪里冒出来的呀？”

“是幽灵火车晚上送来的。”狄克笑着回答。

“是火山喷出来的。”拉菲先生也在那儿，开玩笑地说。安抓起一块台布向他扔过去。

“快告诉我这些吃的是怎么来的，”安恳求道，“我

还在发愁早餐该给你们吃什么呢，现在东西多得吃不完。是谁放在那里的？乔治，你知道吗？”

可乔治不知道怎么回事。她瞥了一眼两个男生的笑脸。“我敢打赌昨晚乔克来过了，”乔治对他们说，“是不是？”接着她心想：“是的，我觉得他们在一起密谋了什么计划。狄克、朱利安，你们骗不了我。从现在开始我要留个心眼儿！你们去哪里，我也要跟着去。”

想想吧

1. 白天乔克来营地了吗？

2. 拉菲先生跟孩子们玩什么游戏？他玩得好吗？

3. 深夜来客是谁？

第十章 寻找幽灵火车

这一天大家过得可开心了。孩子们、提米和拉菲先生去了荒原高处的一个池塘。水池里的水像黄瓜一样，绿幽幽的，故而得名“绿池”。拉菲先生告诉孩子们，水池里有一些稀奇的化学成分让池水变绿了。

“希望我们从水池里出来时不要变成绿人，”狄克边说边穿上了泳裤，“拉菲先生，您要游泳吗？”

拉菲先生当然要游泳啦。孩子们还以为他不大会游泳，只会在池边瞎扑腾。但出乎孩子们的意料，他在水里如鱼得水，比朱利安游得更快。

大家游得可尽兴了，游累了就从池塘里走出来晒太阳。绿池边是公路。孩子们先是看到有人赶着一群羊走过，接着是一两辆汽车驶过，最后来了一辆军用大卡车，有个男孩坐在副驾驶座。孩子们惊讶地发现那个男孩疯狂地向他们挥手。

“那是谁呀？”朱利安惊讶地问，“他肯定不认识我们吧？”

乔治眼尖，看清了那人是谁。“那是乔克！坐在副驾驶座。瞧，他继父崭新的汽车开过来了。乔克宁愿跟卡车司机坐一辆车也不愿坐他继父的车！可以理解！”

崭新的汽车开过来了，安德鲁斯先生匀速跟在卡车后，孩子们坐在路边，他连瞥都不瞥一眼。

“我猜他们是去集市吧，”狄克说完又躺了下去，“我很好奇他们的车里拉了些什么东西。”

“我也很好奇，”拉菲先生说，“他的农产品一定卖了好价钱，才买得起那辆汽车，还有你们跟我说过的那些农机具。安德鲁斯先生真是个精明的家伙！”

“看起来他一点儿也不精明，”安说，“看上去他是那种胆小怕事的人，真的，拉菲先生。我没法想象他还能跟别人讨价还价，能算计别人。”

“真有意思，”拉菲先生说，“好啦，吃午饭前再下池塘游一会儿怎么样？”

那天大家开心极了，拉菲先生是很好的玩伴。他可以一本正经地讲笑话，只有他的耳朵使劲摆动，孩子们才看得出它也很喜欢这个笑话。他的右耳似乎很喜欢听笑话，尽管他脸上的表情跟提米一样严肃。

他们大约在下午茶时间回到营地。安给大家准备了一顿丰盛的下午茶，孩子们把东西拿到拉菲先生的帐篷前一起享用。夜幕渐渐降临，朱利安和狄克心中的兴奋之情也渐渐上升。白天他们压根儿不相信有什么“幽灵火车”，但随着太阳落山，群山投下长长的阴影，他们也跟着兴奋起来。今天晚上他们真的会看到什么激动人心的东西吗?

夜，漆黑一片，云层遮住了星星。两个男生跟姑娘们道晚安后，钻进了睡袋，从帐篷口仰望着天空。

厚厚的云层逐渐变薄，有几颗星星探出头来。接着云层变得更加稀薄，分散成一片片残云。瞬息之间，只见繁星闪烁，满天星斗照耀着荒原。

“今晚有星光给我们指路，”朱利安轻声说，“太好了。我可不想摸黑在欧石楠丛中跌跌撞撞地走，万一不小心踩到兔子洞，崴了脚就麻烦了。去调车场的路上我们不要打手电筒，以防被人发现。”

“今晚一定很有意思！”狄克低声回答，“希望乔克会来，如果他不来，那就太令人沮丧了。”

说曹操，曹操就到。帐篷外传来踩踏欧石楠的声音，接着帐篷口出现了一个人影。

“朱利安！狄克！我来了。你们准备好了吗？”

毫无疑问，是乔克的声音。狄克用大拇指推了一下手电筒开关，手电光照在乔克的脸上，他的脸因兴奋而涨得通红，狄克关掉手电筒。

“你好啊，乔克！你可逮着机会过来了，”狄克说，“今天早上坐在卡车里经过绿池的那个人是你吗？”

“是我。你们看到我了吗？我看到你们，就拼命地向你们挥手，”乔克回答道，“我想让卡车停一下，好下来跟你们说几句话，不过那个司机脾气很不好，他不肯停车，说如果停车，我继父会对他发火。你们看到他了吗？我是说，我继父。他开车跟在后面。”

“你们是去集市，还是去别的地方？”朱利安问乔克。

“我猜卡车是去集市吧，”乔克说，“卡车是空的，所以我猜我继父要在那里上货。我是坐小汽车回来的，卡车要晚一点才回来。”

“你觉得塞西尔·迪尔罗夫怎么样？”黑暗中狄克笑着问乔克。

“讨厌死了！比他的名字差劲多了，”乔克抱怨道，“他老是要跟我玩士兵游戏！明天我要在农场接待他，真讨厌。又要浪费一天的时间。我拿他怎么办才好啊？”

“让他滚进猪圈，”狄克建议，“或者让他跟比迪的小乳狗玩，睡在那里，叫他跟小乳狗扮演士兵玩。”

乔克哧哧地笑道：“要是能这么做就好了。最糟糕的是，我继父给我找了这个小子来跟我做伴，我妈妈别提有多高兴了。不说这事儿了，你们准备好了吗？我们出发吧。”

“准备好了。”朱利安说完悄悄地从睡袋里爬出来，“我们没告诉姑娘们。安不想去，我又不想让乔治丢下安孤零零地留在营地。好了，我们悄悄地走，别出声，不要让她们听见了。”

狄克也爬出睡袋。晚上两个男孩只脱了大衣，因此他们只需悄悄把大衣穿上，然后爬出帐篷就可以了。

“往哪边走？那边吗？”乔克低声问道。朱利安抓住乔克的胳膊带着他走。晚上的荒原看起来跟白天截然不同。朱利安希望借着暗夜的星光，不要走错路。

“我们可以隐隐约约看到那边星空下的那座小山，如果我们朝那座小山走，方向就对了。”朱利安说。于是，大家向着西边那座黑漆漆的小山继续前进。

夜里去火车调车场的路似乎比白天要远得多。三个男孩一路跌跌撞撞，时不时地差点被欧石楠丛绊倒。他们发现一条小路，很高兴可以沿着小路继续走。

“我们大概就是在这里碰到牧羊人的。”狄克压低嗓门说。他也不知道自己为什么说得这么小声，他只是觉得必须小声点儿。“现在我们离调车场肯定不远了。”

他们继续往前走了一程，这时朱利安拉了一下狄克的胳膊。“快往下看，”他说，“我想那就是调车场了，到处都可以看到铁轨隐隐约约发出的光。”

他们站在调车场上面的欧石楠斜坡上，睁大眼睛，很快就分辨出调车场模模糊糊的影子。没错，那就是火车调车场。

乔克紧紧地抓住朱利安的衣袖。“快看，下面有灯光！你们看到了吗？”

三个男孩往下看去。确实，有一束昏黄的灯光照亮了调车场的一边。他们注视着灯光。

“唔，我想我知道怎么回事了，”狄克终于开口了，“那是看守人的小木屋里的灯光，是木腿萨姆的蜡烛。朱，是吧？”

“没错，你说得对，”朱利安回答道，“你们听我说，我们悄悄走下去，穿过调车场去小木屋偷窥一眼，看看老萨姆在不在屋里，然后找个地方藏起来，等着幽灵火车出现！”

现在他们的眼睛适应了星光，开始看得比较清楚

黑夜中孩子们路过独腿人木屋

了。他们悄悄爬下斜坡，来到调车场，脚下踩到煤渣，弄出了响声。

他们赶紧停下脚步。“要是我们弄出这么大动静，会被人听见的。”朱利安轻声说。

“谁会听到呢？”狄克低声回答，“除了在小木屋里的老萨姆，这里没有人啊！”

“你怎么知道没有人啊？”朱利安说，“老天，乔克，你的脚别踩得那么响！”

他们站在那里，讨论该怎么办。“我们最好沿着调车场的边缘走，”朱利安终于发话了，“我记得那里长了草，我们走草地吧。”

于是他们往调车场边上走去，那里确实长了草。他们踏在柔软的草地上，悄无声息地朝萨姆的小木屋慢慢走去，那里有昏暗的灯光。

小木屋的窗户很小，高度刚好跟他们的头齐平，三个男孩小心翼翼地挨着窗子往里看。

木腿萨姆在小木屋里，他叼着烟斗，瘫在椅子上，眯缝着眼睛，吃力地看着报纸，显然他那副坏眼镜还没修好。他把木腿解开了，放在旁边的椅子上。

“他以为今天晚上幽灵火车不会来了吧，要不然他不会解开木腿。”狄克轻声说。

烛光摇曳，灯影在小屋里跳跃。小屋很简陋，屋里陈设简单，肮脏凌乱。桌上有一个茶杯，茶杯既没有茶托也没有柄，锈迹斑斑的炉子上放着一个锡壶，壶里是滚烫的开水。

萨姆放下报纸，揉了揉眼睛，喃喃自语。孩子们听不见，但他们觉得萨姆说的肯定跟他的烂眼镜有关。

“这个调车场有很多轨道吗？这些轨道都通往哪里呢？”乔克不想再看老萨姆了，轻声问道。

“前面大约半英里有一条隧道，”朱利安的手越过乔克，指向前方，“我猜，过去这个调车场还在使用的时候，火车从隧道里开出来，到了这里后转轨开往不同的方向。”

“我们顺着轨道走去隧道吧，”乔克说，“走吧，这里没有什么好看的。我们去隧道吧。”

“好啊，”朱利安说，“试试看。我想我们去了那里也不会有什么发现！我觉得这些幽灵火车只不过是老萨姆编造出来的令人难以置信的故事。”

他们离开只亮着一支蜡烛的小屋，绕着调车场，沿着一条单轨往隧道走去。他们边走边低声交谈着，现在踩到煤渣弄出响声似乎也不要紧了。

这时，开始有动静了！远处有低沉的轰隆声传出

隧道，此时孩子们离隧道很近，可以看到黑乎乎的隧道口。朱利安最先听到轰隆声，他站着一动不动，紧紧地抓住狄克。

“嗨！快听！你们听到动静了吗？”

另两个男孩侧耳倾听。“听到了，”狄克说，“但这只是一列火车穿过地下的某一条隧道，声音通过这条隧道时传出来的回声。”

“不是的。响声是由穿过这条隧道的火车发出的！”朱利安说。声音越来越响，还夹杂有哐当声。孩子们赶紧走下铁轨，紧挨着蹲在铁轨边等待，大气也不敢出一口。

会不会是幽灵火车？他们期待着火车头的灯光像一只火红的眼睛一样出现在隧道里，但是什么也没出现，隧道里黑得伸手不见五指！但是声音越来越近，越来越近。难道只有火车的轰隆声，却没有火车？朱利安的心脏开始以两倍的速度跳动，狄克和乔克不知不觉抓紧了对方。

响声雷动。接着，从隧道里蹿出来一条长长的黑乎乎的东西，前面有一道暗淡的光一闪而过。火车——或者不管什么东西——驶过时，雷鸣般的响声把孩子们的耳朵都震聋了。哐当声和轰隆声越来越

小。大地颤抖，然后复归寂静。

“啊哈，你终于现身了，”朱利安战栗着说，“幽灵火车没有灯光，也不打信号！火车开到哪里去了？你们说是不是开到调车场去了？”

“我们去看一看，怎么样？”狄克提议，“我没看见驾驶室里有人，即便就着那里的火光也看不见，但一定是有人驾驶的！唉，真奇怪啊！不管怎么说，火车开过的声音听起来很真实。”

“我们去调车场吧，”乔克说，“走吧。”三个人里，他受到的惊吓似乎是最小的。

他们慢慢往调车场走去。这时狄克猛地叫了一声：“哎哟！我崴了脚了。等我一下！”

狄克猛地崴了一下脚踝，还好，没扭伤关节。他痛得一屁股坐到地上，有好一会儿，狄克动弹不得，只是一个劲地发出痛苦的呻吟。两个小伙伴不敢离开他。朱利安跪在他身边，想要给他揉一揉脚踝，但狄克不让他碰。乔克心急如焚地站在旁边。

过了大约20分钟，狄克方能再次站起来。在两个小伙伴的搀扶下，他站了起来，试了试脚踝。“应该没事了，我可以慢慢地走了。现在我们去调车场吧，看看怎么回事！”

但就在他们开始慢慢往回走的时候，他们听到有声音从远处的调车场沿着铁轨传过来：“轰隆轰隆——丁零当啷——哐当哐当！”

“火车又回来了！”朱利安说，“站着别动。看！火车要开回隧道里了！”

他们站着一动不动，睁大眼睛看，竖起耳朵听。轰隆声越来越近，声音越来越大，震耳欲聋。有暗淡的火光一闪而过，火光像是从驾驶室发出来的。火车从黑乎乎的隧道口消失了，轰隆声在隧道里回荡了好一阵子。

“啊哈，火车开回去了！有一列幽灵火车！”朱利安说完，想放声大笑，尽管他觉得浑身颤抖。“它来了又走了，没有人知道它从哪里来，要到哪儿去！但我们亲耳听到了它开过的声音，亲眼看到了它从眼前开过。而且黑灯瞎火的，令人毛骨悚然！”

想想吧

1. “绿池”因何得名？

2. 拉菲先生会游泳吗？他游得怎么样？

3. 孩子们去探险，他们看到了什么？

第十一章　乔克是主角

三个男孩紧挨着站在一起，庆幸能在黑暗中彼此感觉到对方。他们不敢相信，此行已经找到了如此令人难以置信的幽灵火车！这是什么样的火车啊？它神秘兮兮地从隧道里轰隆轰隆地开出来，在调车场停留片刻后又神秘兮兮地返回隧道。

“要不是我崴了脚，我们就可以沿着铁轨追上火车，在调车场就可以近距离观察火车了，”狄克自责道，“都怪我，笨手笨脚的，在关键时刻掉链子！”

“你也不是故意的嘛，”乔克说，“嗨！我简直不敢相信，我们看到幽灵火车了！火车是自己开出来的吗？是无人驾驶的吗？真的是火车吗？”

“根据它发出的声音，那是货真价实的火车，”朱利安回答，“而且它还冒了烟呢。不过，挺诡异的。我不喜欢这种感觉。”

“我们去看看木腿萨姆怎么样了，”狄克提议，“他八成躲进了床底下！”

他们慢慢地走回调车场。狄克一瘸一拐的，虽然他的脚踝实际上已经好了。他们往萨姆的小木屋看了看，发现屋里没有灯光了。

“他已经把蜡烛吹灭躲到床底下了！”狄克说，“可怜的萨姆！他一定被吓坏了。我们去他的小木屋偷窥一眼。”

他们穿过调车场来到小木屋，试着从窗户往里看，小木屋里漆黑一片，什么也看不见。突然，地板上有微弱的火光闪烁。

“看，萨姆在那儿呢！他划亮了火柴，”朱利安说，“看到了吗，他从床底下往外偷看呢。看起来他被吓坏了。我们敲敲窗户，跟他问个好吧。”

但是这么做大错特错！朱利安乍一敲窗户，萨姆就痛苦地大喊一声，又急忙缩回床底下，那根抖抖索索的火柴也熄灭了。

“它是来抓我的！”孩子们听见他在哀号，“它要把我带走了！带走我和我取下的那只木腿。”

“我们吓到可怜的老头了，”狄克说，“走吧，别管他了。如果我们喊他，他会被吓晕或者吓出别的什么

毛病来。他真的以为幽灵火车会把他带走。”

他们在调车场转悠了几分钟，太黑了，什么也看不到，也没有再听到轰隆声传过来。显然，今晚幽灵火车不会再来了。

“我们回去吧，”朱利安说，“真刺激啊！说实话，当火车轰隆轰隆地从隧道里钻出来时，我的寒毛都竖起来了。火车到底是从哪里开来的？为什么开到这里来呢？”

孩子们不再讨论火车的事，开始返回营地。他们踏过欧石楠丛，疲惫不堪，但非常激动。“我们要不要告诉姑娘们我们看到了幽灵火车？”狄克问朱利安。

“别，”朱利安回答，“这样只会吓到安，还有，要是乔治知道我们撇下她去了火车调车场，她会很生气的。我们等等看有没有更多的发现，到时再告诉姑娘们或者拉菲老爷子。”

“好吧，”狄克说，“乔克，你的嘴也要紧一点哦。”

“当然了，”乔克轻蔑地说，“我还能告诉谁啊？我继父吗？不可能！要是他知道我们去找幽灵火车，把他的警告当耳边风，他会大发雷霆的！”

乔克突然感觉到有个温暖的东西在蹭他的腿，他吓得惊叫起来：“这是什么？快走开！”

原来那个温暖的东西是提米，它是出来迎接三个男孩的。它轮流蹭了蹭每个人，低声呜咽着。

“它在说：‘你们去探险为什么不带上我？’”狄克说，“对不起，老兄，我们不能带你一起去。要是乔治知道我们带了你去却把她撇下了，她绝对不会再跟我们说话了！提米，要是你去了，你会喜欢幽灵火车吗？你会不会跑到哪个角落里躲起来呢？”

“才不会呢！”提米仿佛轻蔑地说。说得好像它会害怕什么似的！

他们回到营地，把说话的声音压低了。“再见，乔克。可以的话明天你过来玩吧。希望你不用再应付塞西尔那个臭小子。”

“再见！明天见。”乔克低声说完便消失在夜色中，身后跟着提米。“我又有一次半夜遛弯的机会吗？好啊。”提米心想，它正求之不得呢！帐篷里很热，夜里空气凉爽，在外面溜达一下会很不错哦。

他们走近奥利农场时，提米发出低吼，站着不动，脊背的毛竖了起来。乔克把手放在提米的头上，停下了脚步。

“怎么了，老兄？有窃贼吗？还是有别的什么？”

乔克在黑暗中瞪大了眼睛，此时大块的云团遮住

了星星，四周黑黢黢的。他看到一座仓房里有微弱的灯光，于是蹑手蹑脚地走过去侦查。他走近仓房时灯光熄灭了，接着他听到脚步声，轻轻地关仓房门的声音，还有仓房门上锁的咔嗒声。

乔克悄悄靠近仓房，离得太近了，锁门的人一定察觉到身后有人，他突然转身，用胳膊撞了一下乔克。他抓住乔克的肩膀。乔克猝不及防，失去平衡，差点摔倒了。那人抓住乔克不放，拧亮了手电筒，突如其来的亮光刺得乔克直眨眼睛。

“是你啊，乔克！”一个刺耳的、不耐烦的、诧异的声音说道，“深更半夜的，你在外面干什么呀？”

“唔，你在干什么？”乔克边说边从那人手里挣脱开来。乔克拧亮自己的手电筒，照了照刚才抓住他的人，原来是一个叫彼得斯的农场雇工，白天乔克就是搭他的卡车出去的。

“这跟你有什么关系？”彼得斯生气地说，“我的车在路上坏了，我刚回来。喂，你穿得整整齐齐的！大半夜的，你上哪儿啦？你是不是听见我进来了，就爬起来看是不是有什么情况发生？”

“我绝不会告诉你！”乔克嬉皮笑脸地说。会让彼得斯起疑的事，他一个字儿都不会吐露。“才不告诉

你呢！”

“那是比迪吗？”彼得斯看到一个黑影溜走了，“你的意思是你跟比迪出去了？你到底在搞什么名堂呀？”

乔克庆幸彼得斯没发现那不是比迪，而是提米。乔克走了，不再跟他废话。随便彼得斯怎么想吧！不过，彼得斯的车抛锚了，这么晚才回来，挺倒霉的。要是彼得斯告诉继父他在半夜看见乔克穿戴得整整齐齐的，妈妈和继父就会盘根问底，而乔克是个诚实的男孩，不会说谎，到时候他会发现很难解释清楚。

乔克赶紧跑回去睡觉。他从卧室窗外的梨树爬上去，悄悄地跳进自己的卧室，轻轻打开房门，听一听屋子里是不是有人被吵醒，但一切都笼罩在黑暗和寂静中。

“该死的彼得斯！”乔克心想，“要是他跟继父打小报告，那我就吃不了兜着走了！”

乔克上了床，仔细回想了一下今天晚上发生的怪事，不知不觉就睡着了。他睡得很不安稳，梦到幽灵火车、彼得斯和提米不停地干着各种各样稀奇古怪的事情。第二天早上，乔克被妈妈摇醒了。

“乔克，起床了！太阳晒屁股了。你怎么这么困啊？我们早饭都吃了一半了！”

显然，彼得斯没跟继父提头天晚上看到他的事，乔克对此非常感激。他开始盘算如何从家里溜去营地找几个小伙伴玩。给他们送点吃的！这个借口不错。

“妈妈，我可以给那些露营客人送一篮吃的过去吗？”早餐后乔克问妈妈，“现在他们一定缺食物了。”

“哦，那个男孩要过来，”妈妈说，“他叫什么来着？是不是塞西尔什么的？你继父说他是个乖孩子。昨天你跟他玩得很开心吧？”

要不是继父坐在窗前看报纸，有关那个亲爱的塞西尔，乔克会说一大堆不中听的话。既然继父在场，他只好耸耸肩，做了个鬼脸，希望妈妈明白他的感受。母亲心有灵犀，心领神会。

“塞西尔什么时候到呢？”她问道，“也许你还来得及送一篮吃的到营地，跑快点儿。”

“今天不许他上去，”安德鲁斯先生放下报纸，突然插话，“塞西尔随时都会到，而且我了解乔克！他跟那些孩子打开话匣子，就会把回家的事忘到九霄云外。塞西尔的爸爸是我的好朋友，乔克要尽地主之谊，在家里礼貌接待客人。今天不许跑去露营地。”

听了这话，乔克感到很懊丧。别的孩子闯进了他无比寂寞的生活，让他孤寂的生活鲜活有趣的时候，

继父为什么突然非要干涉他的计划？匆匆忙忙把他带到镇上啦、让他跟塞西尔交朋友啦。真让人抓狂！

“也许我可以送点吃的上营地去，”妈妈安慰他，“孩子们有可能会自己下来拿食物。”

乔克还是闷闷不乐。他怒气冲冲地走出厨房，进了院子，然后去找比迪。比迪带着小乳狗，狗宝宝们正努力地跟在狗妈妈屁股后面，围着棚舍转圈。乔克希望今天几个露营客自己下来取食物，这样他至少可以跟他们说说话。

塞西尔是坐汽车过来的。他跟乔克同龄，不过对于 12 岁的孩子来说，他的个子显小。他的鬈发太长，灰色法兰绒西装非常干净，熨得笔挺。

“你好啊！”他对乔克大声说，“我来了。我们玩什么呢？玩士兵游戏吗？”

“不玩士兵，我们玩‘红印第安人’[①]。”乔克突然想起了那套旧的红印第安头饰，头饰上插了一圈羽毛，还有一缕羽毛拖到后背。他狞笑着冲进屋里，换上整套服装，戴上头饰。他拿出颜料盒子，迅速地在脸上涂上红色、蓝色和绿色的颜料，显得面目狰狞。最后

---

① 红印第安人是对北美印第安人的蔑称。

他找出印第安战斧，来到楼下。乔克要扮演“红印第安人”，要跟那个讨厌的“小白脸”玩剥头皮的游戏。

塞西尔正独自转悠。他转过一个拐角时，惊恐地发现一个骇人的身影从墙后站起来，那人发出一声恐怖的尖叫，挥舞着一把看起来很危险的小斧头，朝他猛扑过来。

塞西尔转身便逃，发出鬼哭狼嚎声。乔克紧追不舍，声嘶力竭地叫喊着，演得非常卖力。他感到痛快淋漓。昨天他跟亲爱的塞西尔玩了一天的士兵游戏，不明白为什么今天塞西尔就不能跟他玩一天“红印第安人”！

正在这时，四个露营客带着提米来取食物了。他们看到塞西尔旋风一般跑来，凄惨地号叫着。一个涂了油彩、全副武装的“红印第安人”对他紧追不舍。看到这一幕，几个小伙伴惊愕地停下了脚步。

乔克看到他们，绕着他们跳了一圈滑稽的战舞。让提米无比惊愕的是，他还戏剧性地尖叫着，假装要砍掉提米的尾巴。接着，他又飞奔着去追赶即将消失的塞西尔。

孩子们不禁放声大笑。“天哪！”安的眼泪都笑出来了，“他追赶的那个人一定是塞西尔了。我猜乔克昨

天跟他玩了一天的士兵游戏，这是在报复他。看，他们转到猪圈去了。可怜的塞西尔，他真的以为要被削掉头皮呢！”

塞西尔抽泣着消失在农场的厨房里，安德鲁斯夫人跑过去安慰他。乔克停止追击，回到孩子们这边，涂满颜料的脸露出了笑容。

“你们好啊，”他跟大家打招呼，“刚才我跟亲爱的塞西尔度过了一段美好而安静的时光。见到你们真高兴，我本来想去找你们的，但我继父不让我去，要我陪塞西尔玩。他是不是很讨厌？”

“很讨厌。”大家一致同意。

“嗨，你这样吓唬塞西尔，你妈妈会不会很生气啊？也许这个时候我们最好不去跟她要食物，对吗？”朱利安问道。

“对的，你们最好等一会儿再去。”乔克边说边把他们领到上次休息的那堆干草垛朝阳的那一边。“提米，你好啊！昨天晚上你回去的路上平安无事吧？”

乔克完全忘了两个姑娘不知道昨天晚上发生的事情。安和乔治当即警觉起来。朱利安对乔克皱了皱眉头，狄克则悄悄地用胳膊肘碰了他一下。

这些配角戏乔治全都看在眼里。“怎么回事？”她

问几个男生，“昨天晚上发生什么事了？”

“哦，我只是晚上过来跟男生聊了一会儿，完了是提米送我回家的，”乔克漫不经心地说，“乔治，希望你不介意提米送我回来。”

乔治气得涨红了脸。“你们有事瞒着我，”她对三个男孩说，“没错，你们瞒着我。我知道的。我猜昨天晚上你们肯定去火车调车场了！是不是？”

一阵尴尬的沉默。朱利安恼怒地瞪了乔克一眼，可怜的乔克懊恼不已。

“说下去，告诉我。”乔治揪住他们的小辫子不放，生气地皱起了眉头。“讨厌！你们真的去了！没有叫醒我让我跟你们一起去！哎哟，我真的觉得你们很卑鄙！”

“你们看到什么了吗？”安探寻的目光从一个男孩身上落到另一个男孩身上。两个姑娘都感觉到昨天晚上有探险行动。

“这个……”朱利安刚开口，就被人打断了。塞西尔来到干草堆旁边，眼睛哭得红红的。他怒视着乔克。

“你爸爸叫你，”他说，“你立刻就走，你这个混蛋！我要回家。你没听见你爸爸在喊你吗？他拿了根棍子，不过我不同情你！我希望他狠狠地揍你一顿！”

想想吧

1. 三个男生深夜去探险，回来后他们打算告诉两个女生吗？为什么？

2. 乔克深夜返回农场，被谁抓住了？他跟乔克的继父打小报告了吗？

3. 乔克跟塞西尔玩什么游戏？塞西尔喜欢这个游戏吗？

第十二章　乔治生气了

乔克朝塞西尔做了个鬼脸，然后站起来，从干草堆旁边慢悠悠地走了。兄妹几个等着听棍子打在乔克身上的声音和乔克挨打的惨叫声传来，不过还好，大家没听到任何动静。

“他吓到我了。”塞西尔说完挨着大家坐下来。

“可怜的小叮叮。”狄克当即说。

“亲爱的宝贝儿。”乔治说。

“妈宝。”朱利安说。

塞西尔瞪着兄妹几个。他站起身来，小脸涨得通红。

“要不是我有教养，我会抽你们每人一个耳光。”塞西尔说完赶紧走了，否则被抽耳光的就是他了。

四个孩子默默地坐着，他们都为乔克感到难过。得知几个男生头天晚上撇下她去探险，乔治很生气，

拉长着脸。安有些担心。

他们在那里坐了大约十分钟后，乔克的妈妈拿着一大篮子食物，从干草堆旁走来，一脸的苦恼。

孩子们礼貌地站起来。“安德鲁斯夫人，早上好！”朱利安说。

“很抱歉，今天不能留你们了，”安德鲁斯夫人说，“不过乔克真的很蠢。我不让安德鲁斯先生打他，因为这样做只会让乔克憎恨他继父，那么做解决不了问题。所以今天我让他上床反省，恐怕你们没法见到他了。这是给你们带回去的食物。啊呀，天哪，真的很抱歉。乔克今天搞这么一出，不知道他是不是脑子抽风了，这不是他的风格。”

塞西尔的脸从草垛后露出来，一副神气活现的样子。朱利安窃笑。

“要不我们带塞西尔去荒原走一走吧，”他说，“我们可以爬爬山，在溪间玩玩，从欧石楠上面走过。他可以开开心心地玩一天。”

塞西尔的脸当即消失不见了。

“这样也好，”安德鲁斯夫人说，“你们真是太好了。乔克今天被打发上楼反省，就没有人陪塞西尔玩了。不过，你们要知道，恐怕他是个妈宝，你们跟他

玩要小心。塞西尔！塞西尔！你在哪儿？过来跟这些孩子交朋友。”

但是塞西尔已经走了，根本没人回答。他才不想跟“这些孩子”交朋友呢，这点自知之明他还是有的。安德鲁斯夫人去找他，但他已经消失得无影无踪。

四个孩子一点儿也不觉得奇怪。朱利安、狄克和安互相咧嘴一笑。乔治背对着他们，还在生闷气呢。

安德鲁斯夫人上气不接下气地回来了。“我找不到他啊，”她说，“没关系，等他再出来时我找点事情给他做吧。”

“对。也许您可以找点珠子让他串着玩，或者给他一个简单的拼图玩具。”朱利安彬彬有礼地说。其他孩子咯咯地笑了。安德鲁斯夫人脸上也浮现出笑容。

“坏孩子！”她说，“唉，可怜的乔克！不过，这是他自找的！好啦，再见啦，我得去继续干活了。”

安德鲁斯夫人往奶牛场跑去。孩子们从干草堆旁边看见安德鲁斯先生正往汽车里钻，他马上就要出门了。他们等了几分钟，直到汽车沿着崎岖不平的乡间小路启动并离开的声音传来。

“那是乔克的卧室，在梨树那儿，”朱利安说，“我们去跟他说句话再走吧。真遗憾，他要在房里反省！”

他们穿过农场庭院，来到梨树下。乔治没去，她留在干草垛后面看守食物。她眉头紧锁，还在生闷气。朱利安仰头朝窗户大声喊：“乔克！”

一个脑袋伸了出来，脸上还画着骇人的条纹和圆圈。“你们好啊！我继父没揍我，妈妈不让他打我。不过，我宁愿他揍我一顿。大晴天的宅在楼上反省，太难熬了。亲爱的塞西尔在哪儿？”

“不知道啊，可能躲在哪个谷仓最阴暗的角落里了，”朱利安回答道，“乔克，如果白天你没法出来，那就晚上来找我们吧。我们总得见到你啊。”

“好啊，”乔克说，“我的扮相怎么样？像个真的‘红印第安人’吗？”

“你看起来挺狰狞的，”朱利安笑着回答，“不知道提米老兄能不能认出你。”

“乔治在哪儿？”乔克问道。

“在干草堆后面生闷气呢，”狄克答道，“估计今天一天都要看她的脸色了。你说漏嘴了，你这个‘白漆’！”

“对，我是笨蛋，是‘白漆’。”听到乔克这么骂自己，安咯咯地笑了。“瞧，塞西尔在那儿呢。你们要提醒他小心公牛。”

“这里有公牛吗？”安惊恐地四下里看了看。

“没有啊。但是他没有理由不提防公牛啊，”乔克笑着说，“再见啦！玩得开心！”

三个孩子从乔克的窗下离开，慢悠悠地朝塞西尔走去。塞西尔刚从一个阴暗的小棚舍里走出来。他向孩子们做了个鬼脸，站在那里，随时准备往安德鲁斯夫人忙活的奶牛场跑。

朱利安突然紧紧抓住狄克，指着塞西尔的身后。“公牛！小心那头公牛！”他突然大声喊道。

狄克也掺和进来。“公牛跑过来了！小心啊！小心那头公牛！”他喊道。

安尖叫了一声。尽管她知道这只是个玩笑，但两个哥哥演得太逼真了，她还是觉得害怕。“公牛！”她也大叫起来。

塞西尔脸都绿了，双腿颤抖。“公牛在——在——在——在哪里？”他结结巴巴地问道。

“小心你身后！”朱利安用手指着塞西尔的背后大声说。可怜的塞西尔信以为真，以为有头大公牛要从后面攻击他，他哀号一声，跌跌撞撞地向奶牛场飞奔，扑进安德鲁斯夫人的怀里。

“救命啊，救救我！有一头公牛在追我。”

“可是这里没有公牛啊，”安德鲁斯夫人惊讶地说，

“真的没有，塞西尔！追你的是头猪吗？还是别的什么牲畜？”

三个孩子忍俊不禁，回到乔治身边，想把那场恶作剧讲给她听，但她背过身去，不愿搭理他们。朱利安耸耸肩。乔治生气时，最好由她去！乔治不像以前那样经常发脾气了，但她生气时确实很难让她消气。

他们带着一篮食物回到了营地，提米冷静地跟着大家。它知道乔治有点儿不对劲，所以它很不开心。它耷拉着尾巴，样子很可怜。乔治连拍都不拍它一下。

大家回到营地时，乔治爆发了。

“我告诉过你们，我也要去，你们怎么敢撇下我自己去！真没想到你们居然带乔克去而不让我去！我觉得你们讨厌透了。我真没想到你和狄克会干出这种事来。”

“别傻了，乔治，”朱利安说，“我告诉过你了，我们没打算让你和安去。我会把发生的一切都告诉你的，可惊险了！”

“什么啊？快点告诉我吧！”安央求道。但乔治执拗地把头转过去，好像她不感兴趣似的。

朱利安开始讲述昨天晚上发生的所有怪事。安屏

息静听。乔治也在听着，尽管她假装不听。她很生气，非常伤心。

“好了，就是这么回事啦，”朱利安讲完故事后，说道，“如果那就是人们所说的‘幽灵火车’，那的确有一列幽灵火车轰隆轰隆地从隧道里开出来又开回去！告诉你们，我感到很害怕。乔治，很遗憾，你不在场，可是我不想把安单独留在营地。”

乔治不接受任何道歉，她还是一副怒火中烧的样子。

“我猜提米跟你们去了吧，”乔治说，“提米明明知道我想跟你们一起去探险，它居然没叫醒我就跟你们走了，我觉得它这样做很不地道。”

“哎哟，别这么傻嘛，”狄克厌恶地说，“真没想到你还生提姆老兄的气！你伤了它的心了。它可没跟我们走。它只是在我们回来的时候去接我们了，然后送乔克回农场，给他做个伴儿。”

“哦，”乔治说完伸手拍了拍提米，提米感到很开心，“那么，至少提米还是忠诚于我的。这还差不多。”

大家沉默不语。乔治生气时大家都不知道怎么哄她才好，最好让她一个人待着。但因为乔治在生气，他们又不好离开营地。

乔治这样发火，安很难过。她抓住乔治的手臂。“乔治，你没必要跟我也生气吧，我什么也没做呀！”

“要不是你这么胆小，要不是你那么害怕，不敢跟我们一起去，我就可以跟他们去了。”乔治一把甩开安的手，很不客气地说。

这一幕让朱利安很反感。看到安伤心的表情，他对乔治发火了。

“你给我闭嘴，乔治，”他说，“你太恶毒了，说话这么尖酸刻薄！你真让我大跌眼镜。”

乔治为自己感到羞愧，但她心高气傲，不肯认错。她瞪着朱利安。

“你才让我大跌眼镜呢，”她说，“我们共同经历了那么多惊险奇遇，你居然不让我参与这次探险。不过，下次你会带上我的，是吧，朱利安？”

“什么！你发这么大的脾气还要我带上你？”朱利安说，“我当然不会带你啦。这是我的冒险、狄克的冒险，也许还是乔克的冒险。但不是你的和安的。”朱利安要是执拗起来，跟乔治有得一比。

朱利安站起来，跟狄克一起大踏步地走下小山丘。乔治坐在那里，把欧石楠一点一点地从梗上扯下来，显得桀骜不驯，怒气冲冲。安讨厌这种事情，她收回

眼泪，起身去准备午餐，也许饱餐一顿之后，大家都会感觉好一些。

拉菲先生坐在帐篷外看书。早上他已经跟孩子们打过照面了。他笑眯眯地抬起头来。

“你们好啊！下来跟我聊聊天吗？”

“对啊。”朱利安脑子里的一个主意清晰起来，“拉菲先生，我可以看看您那幅地图吗？就是把每一英里荒原都标出来的那幅大地图。”

“当然可以。地图在帐篷里。”拉菲先生回答。

兄弟俩找到地图，把地图打开。狄克当即就猜到朱利安为什么要看地图了。拉菲先生继续看书。

“地图还标注了从荒原下穿过的铁路线，对吧？”朱利安问道。拉菲先生点点头。

“没错，有好几条铁路线呢。我想，无论如何，在一个山坳到另一个山坳之间的荒原下挖隧道，要比在荒原上建一条永久的铁路要容易一些吧。如果铁路建在荒原上，冬天有可能完全被大雪覆盖。”

兄弟俩埋头研究那幅大地图：铁路线从地下穿过时，地图上画的是虚线；而在露天、在不同的山坳之间则是黑实线。

他们找到了自己确切的位置。朱利安的手指在地

图上指着一小段铁路线，铁路线的末端是一段虚线。

朱利安看着狄克，狄克心领神会地点点头。没错，这就是隧道的位置，“幽灵火车”就是从那条隧道里开出来的。还有从隧道通往废弃的调车场的铁路线。朱利安的手指从调车场回到隧道，那里就是虚线开始的地方。他用手指沿着虚线描了一小段，直到虚线又变为实线。火车就是从那里出来，驶进另一个山坳！

然后朱利安指了指通往调车场的隧道，看上去这条隧道跟另一条隧道相交，另一条隧道也延伸了一段距离，才通到另一个山坳。兄弟俩面面相觑。

拉菲先生突然发现一只白天活动的蛾子，于是站起来追蛾子去了。兄弟俩趁机交流起来。

“幽灵火车要么是穿过自己的隧道开往远处的山坳去了，要么是转入这条岔道，开往另一个山坳去了，”朱利安低声说，“狄克，你听我说，我们让拉菲先生开车带我们到最近的镇上去买点东西，然后我们溜到那里的火车站，看看能不能打听到有关这两条隧道的消息。我们有可能会发现一点眉目。”

“好主意。”狄克回答。这时拉菲先生回来了。“先生，您今天忙不忙啊？午饭后您能开车带我们去最近的镇子吗？”

“当然可以，没问题。”拉菲先生亲切地说。兄弟俩开心地看着对方。现在他们有可能发现一点眉目了！但他们不愿带乔治。不，不带她。她脾气太大，要惩罚她一下！

想想吧

1. 塞西尔愿意跟几个小伙伴交朋友吗？为什么？

2. 乔克吓唬塞西尔，受到什么惩罚？

3. 朱利安和狄克打算去镇上打听消息，他们准备带上乔治吗？为什么？

第十三章　惊心动魄的计划

“快过来啦！”安大声招呼大家吃饭，“午饭都准备好了。告诉拉菲先生他也有份，吃的东西可多了。”

拉菲先生很乐意过来跟孩子们共进午餐。他觉得安是出色的露营管家。他赞许地看着这顿丰盛的午餐，食物摆放在地上的一块白桌布上。

“嗯！有沙拉、水煮蛋、火腿片。这是什么？苹果派！天哪！安，这苹果派不是你自己做的吧。”

安笑了。“当然不是我做的啦，除了酸橙汁和水，所有这些都是从农场拿来的。”

乔治跟大家一起吃饭，几乎不说话，她还在反省。拉菲先生很困惑地看了她好几次。

“乔治，你还好吧？”他突然问道。乔治脸红了。

“我很好，谢谢关心。”说完她竭力装出一副平常的样子，尽管她根本笑不出来。拉菲先生注意观察，

发现她和其他孩子吃得一样多，就放心了。可能乔治跟小伙伴们吵架了吧，他猜得没错。嗯，会过去的！他知道不该干涉。

大家吃完午餐，喝光了酸橙汁。天气炎热，大家都很渴。提米舔光了盘子里的水，来到帆布桶前，眼馋地盯着帆布桶里用来洗碗的水。但它很有教养，没有喝里面的水，现在它知道它不能从桶里喝。安看到这一幕大笑起来，给提米的盘子里加了点水。

“好啦，”拉菲先生说完，开始往棕色老烟管里装烟丝，“下午谁想跟我一起去镇上啊？我 15 分钟后出发。”

“我要去！”安立即回答，“我跟乔治很快就会把这些东西洗好。乔治，你也去吗？”

“不去。”乔治的回答让两个男孩舒了一口气。他们猜到她不会愿意跟他们一起去镇上，但是，如果她知道并且发现了他们的意图，她会跟着去的！

“我要跟提米出去走一走。”洗刷完毕后，乔治说。

“好吧。”安私下以为那天下午让乔治独自消化自己的不良情绪可能更好，“再见。”她跟乔治道别。

乔治带着提米出发了，兄妹三个跟着拉菲先生来到停车的大岩石旁，上了车。

“嗨！拖车还挂在汽车后面呢，”朱利安大声喊道，

“等一下，我去把它卸下来。我们没必要拖着个空车斗跑那么远的路。”

“啊呀，我老是忘记卸拖车，”拉菲先生恼火地说，“有好几次我都是这样白白地拖着它到处跑！”

听到这话，孩子们互相挤眼睛。亲爱的拉菲老爷子！他总是干这样的傻事。难怪在家的时候，他夫人总是对他呵护备至，就像老母鸡呵护傻小鸡一样。

他们出发了。汽车在起伏不平的路面上一路颠簸，直到上了公路才变得平稳。他们在镇中心停车，拉菲先生告诉孩子们下午五点他在停车场对面的饭店接他们去喝下午茶。

三兄妹出发了，拉菲先生去图书馆浏览书刊。乔治不在，兄妹三个感觉怪怪的。安不太喜欢这种感觉，把心里的想法说了出来。

“唉，我们也不想撇下乔治出来啊，”朱利安说，“不过，说实话，她不能耍了脾气而不受惩罚。我还以为她长大了，不再使小性子了。”

“嗯，你们知道她是多么热爱冒险啊，”安说，“唉，要不是我那么害怕，你们就会带上我，乔治也就跟着去了。她说我是胆小鬼一点儿也没冤枉我。”

“你才不是胆小鬼呢，”狄克说，“有时候我们会不

由自主地感到害怕，毕竟，你年龄最小嘛。但害怕并不意味着你是胆小鬼啊。我知道有时候你怕得要命，可你还是跟我们一样勇敢啊。”

“我们准备去哪儿呢？”安问道。两个哥哥把他们的计划告诉妹妹，安两眼放光。

“哦，我们要找出幽灵火车是从哪儿开出来的，是吗？那么，从地图上看，你们觉得它有可能是从那两个山坳中的一个开出来的，对吗？”

“没错，两条隧道的确不是很长，”朱利安说，“我觉得不到一英里长。我们可以在火车站打听打听，看看有没有人知道那个旧调车场和调车场前方的隧道。当然了，有关幽灵火车，我们不会吐露一个字。”

他们走进火车站，来到一幅铁路平面图前，研究起路线来，但得到的有用信息不多。朱利安转向一个年轻的搬运工，他正在搬运行李。

“请问！可以向您打听一点事吗？我们在荒原上露营，离我们很近的地方有一个荒废的火车调车场，调车场有铁轨通到一条旧隧道里。那个调车场废弃不用，您知道是什么原因吗？”

“不知道啊，”男孩说，“你去问问塔基老爷子，就是那边那个人，看到了吗？他对荒原下所有的隧道都

和车站搬运工打听消息

很了解。他少年时代在所有的隧道里干过活儿。”

“谢谢！”狄克开心地致谢。他们走向那个长满络腮胡子的老年搬运工，他正坐着晒太阳，在下一列火车到来之前休息一下。

“打搅一下，”朱利安彬彬有礼地说，“听说您对荒原下所有的隧道都了如指掌。那些隧道一定非常非常有意思。”

“那些隧道都是我爷爷和我爸爸参与建造的。”老搬运工抬头看着孩子们，他那双黯淡的小眼睛被强烈的阳光刺得直流眼泪。“我在穿过那些隧道的所有火车上做过乘警。”

老搬运工脑子里过了一遍所有的隧道，含糊地说出一长串名字。孩子们耐心地等着他把所有的隧道报完。

“我们露营的荒原离奥利农场不远，荒原附近有一条隧道，”朱利安终于可以插进话了，“我们偶然发现一个荒废的老火车调车场，调车场有铁轨通往一条隧道。您知道那条隧道吗？”

“知道啊，那是条很老的隧道。”塔基边说边点了点头，他头发花白，歪戴着工作帽，“隧道已经废弃好多年了，调车场也不再使用了。我记得那里车流量不足，所以他们关闭了调车场，隧道也就跟着不用了。”

兄弟俩交换了一下眼神。原来隧道已经停用了！好啦，他们掌握了更多情况。

“那条隧道跟另一条隧道交汇，是吧？”朱利安问道。孩子们对他烂熟于胸的隧道很感兴趣，他感到很开心。他起身走到后面的办公室，出来时手里拿了一张已经用烂的脏兮兮的地图。他把地图放在膝盖上摊开，黑乎乎的指甲指着地图上的一个标记。

“这是调车场，看到了吗？它用农场的名字，被命名为奥利调车场。这是通往隧道的铁轨。这里是隧道，隧道通往基尔蒂山坳，就是这里。通往基尔蒂山坳的铁轨与通往罗克山坳的铁轨连接在一起，在隧道里分岔，但那个分岔口好多年前就被砖墙封堵住了。那里出事了，隧道顶塌方了，我猜是这么回事。所以铁路公司决定不再使用开往罗克山坳的隧道了。”

孩子们兴致勃勃地听老人讲述。朱利安脑子里理清了头绪：既然通往罗克山坳的铁轨在隧道的交汇处被砖墙封堵了，要说那列幽灵火车是从什么地方来的，那它一定是从基尔蒂山坳来的，因为那里是这条铁路现在唯一可以通行的地方。

“那么，现在没有火车从基尔蒂山坳穿过隧道开往奥利调车场了吧？”朱利安问老人。

塔基对朱利安的问题嗤之以鼻:“我不是告诉你了吗?那条隧道已经好多年没使用了。基尔蒂山坳的调车场改做别的用途了，虽然铁轨还在。我年轻的时候就没有火车头穿过那条隧道了。”

真是踏破铁鞋无觅处，得来全不费功夫。朱利安一再感谢老塔基，老爷子恨不得把所有的事情从头到尾再给孩子们讲一遍。他把那幅老地图也送给了孩子们。

“啊，太谢谢您了。”朱利安很高兴得到了这幅地图，他看看狄克和安，“这幅地图将会派上大用场!”两人点点头。

兄妹三个很开心地跟老人告别，从火车站来到镇上，找到一个小公园，坐在一张长凳上，迫不及待地讨论塔基刚才告诉他们的那些信息。

“好奇怪啊，”狄克说，“现在没有火车开到那里了，隧道已经很久没用了，而且奥利调车场一定废弃好多年了。”

“然而，那里似乎有火车来了又走!”朱利安接话。

“那么，那些火车一定是幽灵火车了。”安困惑地瞪大了眼睛。“朱利安，一定是的，对不对?”

“好像是这样，”朱利安回答，“太神秘了，我无法

理解。”

“朱，”狄克突然说，“我知道怎么办了！哪天晚上我们再去蹲守，直到我们看见幽灵火车从隧道里出来，开到调车场。然后我们中的一个人尽快跑到隧道的另一头，等着火车往回开，从那一头出去，隧道只有大约一英里长！然后我们就会发现为什么还有火车从基尔蒂山坳穿过那条旧隧道到奥利调车场。”

“好主意，”朱利安激动地说，“今天晚上怎么样？如果乔克过来，就带他一起去；如果他不来，就我们俩去。没有乔治的份儿。”

兄妹三个心潮澎湃。安寻思她是不是也有勇气跟着哥哥们一起去探险，不过她知道夜幕降临后，她连现在一半的勇气都没有了！不，还是不去的好。目前她真的没有必要参与这次探险。探险，八字还没一撇呢，这只是一个尚未解开的谜团罢了！

兄妹三个回到营地时乔治还没回来，大家等啊等，她终于带着提米出现了，看起来累坏了。

“对不起，今天早上我真蠢，”乔治一回来就道歉，“走一走，我的气就消了！不知道我是怎么了。”

“没关系，”朱利安亲切地说，“这事就不要再提了。”

乔治消气了，他们都很高兴，因为她生气时确实

很难哄。乔治相当克制，根本不提幽灵火车和隧道的事，因此他们也不提。

晚上天气晴朗，又是满天星斗。十点钟，孩子们跟拉菲先生道了晚安，然后钻进睡袋。朱利安和狄克要等到半夜才去探险，因此他们躺下来小声地聊着天。

大约十一点钟，兄弟俩听到帐篷外有人在小心活动。他们猜来者会不会是乔克，但他没喊他们。会是谁呢？

接着，朱利安看到星光下出现一个熟悉的脑袋轮廓，原来是乔治。可是，她究竟在搞什么名堂呀？他完全不明就里。不管她在捣什么鬼，她都没搞出任何动静。显然，她以为两个男生睡着了。朱利安很配合地轻轻打了一两声呼噜，让乔治信以为真。

乔治终于离开了。朱利安等了几分钟，然后小心翼翼地从帐篷口探出头。他伸手探了探，手指摸到了几根细绳子。他笑了，把头和手缩回帐篷。

"我发现乔治干的好事了，"朱利安低声告诉狄克，"她在我们的帐篷口拉了细绳子，绳子十有八九牵到她的帐篷里，她把绳子系在大脚趾或者什么部位，如此一来，如果我们出去不叫上她，当我们走过绳子

时，绳子动了，她就会感觉到，然后就会醒来，就可以跟着我们去了！”

“好个乔治老妹，”狄克哧哧地笑了，“唉，她会很不走运。我们可以从帐篷侧下方钻出去！”

十二点刚过，兄弟俩就是这么出了帐篷，根本没有触碰乔治的细绳！他们出了帐篷，踏着欧石楠，下了斜坡。与此同时，乔治正躺在自己的帐篷里，在安身旁睡得正香呢，一边等待着脚趾被细绳牵扯，可惜的是，细绳没动。可怜的乔治！

兄弟俩抵达废弃的火车调车场，看看木腿萨姆的蜡烛是不是还亮着。蜡烛还亮着，因此，那天晚上幽灵火车还没来。

他们爬下去，刚到调车场，就听到火车来了。跟他们之前听到的同样的轰隆声被隧道裹挟着传来，然后出了隧道，幽灵火车来了，哐当哐当地朝调车场开去，还是没有灯光！

“狄克，快！你去隧道口守着火车回头，我去隧道另一头看看。那幅老地图上标了一条小路，小路穿过荒原到达隧道另一头，我沿着那条小路走！”朱利安激动得语无伦次。“我会好好等待观察幽灵火车完成它的旅程，看看它是不是消失得无影无踪，还是发生别

的什么情况！”

于是，朱利安去寻找那条穿过荒原通往隧道另一头的小路。他要看看隧道的另一头发生了什么，即便要一路跑过去，他也在所不惜！

想想吧

1. 乔治发现男生去镇上的意图了吗？
她跟着去了吗？
2. 谁对荒原下所有的隧道都了如指掌？
他送给孩子们什么东西？
3. 晚上乔治去男生的帐篷搞了什么小伎俩？

第十四章　乔克来露营

朱利安机缘巧合地找到了那条小路，并以最快的速度走过去。他觉得深夜在这么偏僻的小路上不会遇到任何外出的人，于是他打开手电筒照明。小路杂草丛生，但他还是能够毫不费力地往前走，时不时地还小跑几步。

“如果幽灵火车跟上次一样在调车场再停留大约二十分钟，我刚好有足够的时间走到隧道的另一头，”朱利安喘了一口气，“在火车返回前我会到达基尔蒂调车场。”

这段路似乎很长，终于到下坡路了，在坡下不远，朱利安看到了可能是火车调车场的地方。接着他看见那里搭起了许多大棚子，或者，那些建筑物在星光下看上去就像大棚子。

朱利安想起老搬运工的话，现在基尔蒂调车场改

为他用了，也许铁轨被撬走了，隧道也被封了。他迅疾地从小路走下去，来到昔日的旧火车调车场。调车场四周有高大的建筑赫然耸立，朱利安猜想那些一定是工场。他把手电打开又迅速关上，但一闪而灭的手电光还是让他找到了目标——两条铁轨。陈旧的铁轨锈迹斑斑，但他知道铁轨一定通往隧道。

朱利安沿着铁轨往前走，来到黑乎乎的隧道口，往隧道里面看，但什么也看不见。他把手电又快闪了一次，没错，铁轨通往隧道深处。朱利安停下脚步，寻思该怎么办才好。

“我要悄悄地往隧道里走一小段路，看看隧道是不是在什么地方被砌了砖墙封堵住了。”朱利安心想。于是他上了一条铁轨，走进隧道。朱利安打开手电，确定不会有人看到手电光，怀疑他这么晚了在外面干什么见不得人的事。

隧道在朱利安眼前往前延伸，宛如一个巨大的裂开的洞口，黑咕隆咚，深不见底。显然，隧道没封。朱利安看见隧道壁有一个小壁龛，决定蹲到壁龛里。以前建这些小壁龛，是为了让工人在火车经过时躲进去避让火车。

朱利安蹲在这个脏兮兮的旧壁龛里等待着。他看

了看夜光表，走过来花了二十分钟，也许火车几分钟后就会开过来。他将离火车非常近！朱利安多么希望狄克跟他在一起啊。黑灯瞎火的在那里等候一列明显不属于任何人的神秘火车，不知道它来自何处，也不知道它去往何方，是多么诡异啊！

朱利安等啊等。有一次他觉得听到远远的有轰隆声从隧道深处传来，他屏住呼吸，觉得火车肯定要来了。但火车没来。朱利安等了半个小时，火车还是没出现。火车怎么了？

“再等 10 分钟，如果火车还不来，我就走了，”朱利安决定，“躲在这么一条又黑又脏的隧道里等待一列不会来临的火车，我受够了！也许火车晚上停在奥利调车场了。”

10 分钟后，朱利安放弃了。他离开隧道，来到基尔蒂调车场，走上小路，爬上荒原，从小路急忙往回赶，心急火燎地想要知道狄克是不是在隧道的另一头。狄克一定会在那里等着朱利安回去！

狄克在那里，他累坏了，等得不耐烦了。当他看到朱利安的手电快闪了一下时，狄克闪了一下手电作为回应。兄弟俩欣慰地汇合了。

“你去了那么久！”狄克以责备的口吻说，“怎么

回事？幽灵火车开回隧道好久了。跟上次一样，它只在调车场里停留了大概 20 分钟。”

“火车回隧道里了！”朱利安惊呼道，“真的吗？啊，它绝对没有从隧道的另一头出去！我等了好久啊。我甚至都没听见——尽管我的确听到一次很微弱的轰隆声，或者我以为听到了。”

兄弟俩一言不发，百思不得其解。火车深更半夜轰隆轰隆地冒着烟从隧道里开出来，又驶回隧道，却没有从另一头出去。这是什么火车啊！

“那个搬运工告诉我们的第二条隧道的入口真的被封起来了吗？”朱利安终于开口了，“如果没封，火车当然可以开到那里去啊。”

“对，如果那是真正的火车，而不是幽灵火车的话，这是唯一的解释了，”狄克赞同道，“喔，现在我们没法儿进隧道里探查，等明天白天去吧。今晚受够了！”

朱利安也是。兄弟俩一路无话，回到营地，把乔治拴在帐篷口的细绳忘得一干二净，一脚踩在细绳上，很欣慰地钻进了睡袋。

乔治把睡袋割了一个洞，将细绳穿进睡袋，系在大脚趾上。细绳使劲勒了一下乔治的大脚趾，把她惊醒了。听到兄弟俩回来，提米醒来了。乔治坐起来

时，它舔了舔女主人。

乔治睡觉时没有脱衣服。她迅速钻出睡袋，爬出帐篷。两个男生偷跑出去，现在她要抓个现行并跟着他们去探险！

可是周围既没见到他们的影子，也没听到他们的动静。乔治悄悄来到他们的帐篷前。半夜出去探险把兄弟俩累坏了，他们倒头就睡着了。朱利安轻轻打着鼾，狄克呼吸沉重，乔治蹲在外面听得清清楚楚。她大惑不解，大脚趾上的绳子动了，一定有人踩到了那根细绳。仔细听了几分钟后，她放弃了，回到了自己的帐篷。

第二天早上，朱利安和狄克把晚上的探险经历告诉两个姑娘，乔治简直不敢相信他们又抛下她去探险了，而且设法避开了那根绳子。乔治怒不可遏！狄克看着乔治气鼓鼓的脸，不由得哈哈大笑。

“对不起，老妹。我们发现了你的小伎俩，出帐篷的时候避开了绳子，不过回来的时候显然把这事忘到九霄云外了。我们一定把你的大脚趾用力拽了一下，是吧？我猜你一定把绳子的另一头系在你的大脚趾上了？”

看起来乔治恨不得把早餐吃的所有的东西都扣到狄克身上。幸好这时乔克来了。他不像平时那样笑眯

眯的，而是显得闷闷不乐。

“乔克，你好！”朱利安说，“你来得正好，刚好赶上早饭。坐下来跟我们一起吃吧。”

“不行啊，”乔克说，“我只有几分钟的时间。听我说，我真倒霉啊，我要去跟我继父的姐姐住两个星期！两个星期啊！等我回来时，你们都走了吧？”

“是啊。不过，乔克，你为什么非走不可呢？”狄克很惊讶，“你们是不是吵架了，还是怎么了？”

“我不知道啊，”乔克说，“妈妈不肯说，但她看上去很苦恼。我继父大发雷霆。我觉得他们有什么隐情，想把我支开。我只见过我继父的姐姐一次，不太了解她，不过我很怕她。”

“要我说啊，如果他们想支开你，你就过来跟我们一起露营吧。”朱利安为乔克感到难过。听到这话，乔克当即面露喜色。

“嗯，这个主意真好！”他说。

“棒极了，”狄克赞同，“唔，我想不出有什么原因不让你来。如果他们想支开你，你去哪里住两个星期都一样。我们很乐意你来。”

“好啊，那我过来哦，”乔克说，“不过，我不会对继父透露一个字的。但我要把这个秘密告诉妈妈，告

诉她我来跟你们露营，不去继姑妈那里了。她本来打算今天送我走的。我想她不会告诉继父，希望她能跟继姑妈摆平这件事。”

现在乔克的脸又绽放出了笑容，其他孩子也露出了笑脸，连乔治也笑了，提米则摇了摇尾巴。有乔克在一起太好了，他们有好多话要跟他说呢。

乔克回去把好消息告诉妈妈，兄妹几个则忙着洗碗、收拾东西。乔克走后，乔治又绷起一张臭脸。她确实不愿意相信，朱利安说到做到，晚上真的不带她去探险！

当他们开始谈论昨天晚上发生的事情时，乔治不愿意听。“我再也不操心你们那愚蠢的幽灵火车了，”她说，“我想跟你们一起去探险时，你们不让我去，现在我对这事没兴趣了。”

说完她带着提米离开了，没说她要去哪里。

“别管她，让她走吧，”朱利安气恼地说，“她指望我怎么做呢？去跟她说下次晚上去探险时带上她？”

“我们说了打算白天去的，”狄克说，“那么她就可以去啊，因为如果安不想去的话，白天把她单独留在营地也不要紧啊。”

“你说得对，”朱利安说，“那我们把她喊回来告诉

她吧。”但这时乔治已经走远了，听不见了。

“她带了三明治，”安说，“她打算去一天呢，真傻！”

乔克一会儿就回来了，带了两块厚毯子，一件毛衣，还有很多食物。“我费了好大劲才说服妈妈，”他说，“但她终于同意了。不过，我告诉你们，无论如何，我都会来的！我可不会被我继父恶意地把我推来搡去的。真棒！我从来没想过会出来跟你们露营。朱利安，如果你们的帐篷里睡不下，我可以睡在外面的欧石楠上。”

“睡得下。”朱利安说。“您好，拉菲先生！您这么早就出来了！”

拉菲先生走上来，瞥了乔克一眼。“啊，这是你们的朋友吧，农场的男孩？你好啊！你要来跟我们一起住几天吗？我看到你抱了毯子！”

“是的，乔克来跟我们露营几天，”朱利安回答道，“您看，他带了那么多吃的，足够我们对付一场包围战了！”

“确实挺多的，”拉菲先生说，“呃，今天上午我要检查我的标本。你们打算干什么呀？”

“唔，先玩到午饭时间，”朱利安说，“午饭后我们可能去走一走。”

拉菲先生回到自己的帐篷。他开始工作后，孩子们可以听到他轻轻的口哨声。突然，乔克大惊失色，坐得笔直。

“怎么了？”狄克问道。然后他听到了乔克听到的那个声音，远处有人在大声地吹着尖厉的口哨。

“那是我继父在吹口哨，”乔克说，“他在找我。妈妈一定告诉他了，或者他发现我来这里了。”

“快，我们快点离开这儿，藏起来，”安说，“如果你不在这儿，他就没法儿带你回去！快走！也许他找你找累了，就走了。”

大家想不出更好的主意，毫无疑问谁也不愿意跟盛怒的安德鲁斯先生正面遭遇。于是四个孩子冲下斜坡，来到一丛高大茂密的欧石楠边，欧石楠被一些很高的欧洲蕨遮挡住了。他们钻进欧石楠丛中，趴着一动不动。

安德鲁斯先生大声喊叫乔克的声音很快就传到孩子们的耳畔，但乔克没回答。安德鲁斯先生经过拉菲先生的帐篷。听到喊叫声，拉菲先生惊讶地从帐篷探头出来查看。他一点儿也不喜欢安德鲁斯先生的样子。

“乔克呢？”安德鲁斯先生绷着脸问拉菲先生。

“我真的不知道。”拉菲先生回答。

“他得跟我回去，”安德鲁斯先生粗鲁地说，“我不许他在这里跟那些孩子东游西荡。”

“他们有什么问题吗？”拉菲先生问道，“我必须说我发现他们举止有度，待人有礼。”

安德鲁斯先生瞪着拉菲先生，以为他是个没有妨害的傻老头儿，如果应付得当，也许老头儿会帮他把乔克找回来。

“听着，”安德鲁斯先生说，“我不知道你是谁，但你一定是孩子们的朋友。如果是这样，那我最好警告你，他们有危险了。明白了吗？”

“真的吗？何以见得？”拉菲先生用温和而又怀疑的声音问道。

“这么说吧，荒原上有一些不吉利、危险的地方，”安德鲁斯先生说，“我知道这些地方很不吉利。这几个孩子在那些地方瞎折腾，明白了吗？如果乔克来这里，他也会跟着瞎搅和。我不希望他遇上任何危险，那样他妈妈会很伤心的。”

“对。”拉菲先生说。

“那你能不能跟他说说，让他回家？”安德鲁斯先生说，“现在那个火车调车场最危险。有人说那里有幽灵火车。我可不想让乔克卷进这种事情。”

“对。”拉菲先生紧盯着安德鲁斯先生，重复道。“好像你对这个——呃——火车调车场很关注。”

“我吗？哦，不，”安德鲁斯先生说，“我从来没有靠近那个恐怖的地方。我才不想看到什么幽灵火车呢，我唯恐避之不及！我只是不希望乔克有危险。等他们回来——不管从哪里回来，如果你能跟他谈谈，让他回家，我将不胜感激。”

“对。”拉菲先生令人抓狂地再次重复。安德鲁斯先生终于被激怒了，他盯着拉菲先生漠然的脸，突然恨不得一巴掌扇过去。“对，对，对！哼！”

安德鲁斯先生转身走了。过了一会儿，当他在远处变成了一个小点时，拉菲先生大声喊孩子们：

“他走了！请让乔克到我这里来，这样我可以——呃——跟他说几句话。”

四个孩子从他们藏身的欧石楠丛中走出来。乔克去拉菲先生那里，一副不服管教的样子。

“我只是想说，”拉菲先生说，“我很理解你为什么要躲着你继父。为了躲他，你去哪里，我认为都跟我无关！”

乔克咧嘴笑了。“啊，非常感谢！”他说，“我还以为您要打发我回家呢！”他冲向几个小伙伴。“没事

了，”他说，“我要留下来。嗨，午饭后下去探索那个隧道怎么样？到时我们可能会发现那列幽灵火车！”

“好主意！”朱利安说，“我们会找到的！可怜的乔治老妹，她连这次小探险也要错过啦！”

想一想吧

1. 朱利安去隧道的另一头等幽灵火车，他等到幽灵火车了吗？
2. 乔克的继父安排乔克去跟谁住两个星期？乔克去了吗？
3. 安德鲁斯先生来营地寻找乔克，他找到了吗？

第十五章 乔治探险

乔治要去那条神秘的隧道里探索，她心里打定这个主意走了！她寻思着要穿过荒原去基尔蒂调车场，看看在那里会有什么发现。也许她还可以穿过隧道回来呢！

乔治很快就来到了奥利调车场。调车场就在下面，木腿萨姆在调车场转悠。她想下去跟萨姆说说话。萨姆没看到也没听到乔治下来，乔治喊他时，他吓了一大跳。

萨姆蓦地转过身来，吃力地看着乔治。“你给我走开！”他大声喊道，“有人吩咐我不要让你们这些小孩子到这里来，听到了吗？你想害我丢饭碗吗？”

“是谁告诉你不让我们来啊？”乔治不明白有谁知道他们来过调车场。

“他说的，明白了吗？”老人说完揉揉眼睛，眯缝

着近视眼再次端详乔治，“我的眼镜坏了。”他说。

“‘他’，也就是那个吩咐你赶我们走的人是谁？”乔治追问道。

但老看守人的怪脾气似乎又要爆发了。他弯腰捡起一大块煤渣，正要向乔治砸去，这时提米气势汹汹地咆哮了一声。于是萨姆垂下了胳膊。

“你快走吧，”他说，“你不会给我这样可怜的老人惹麻烦，对不对？看起来你是个懂事的好男孩。你不会给木腿萨姆惹麻烦，对吧？”

乔治于是转身走了。她决定沿着铁轨走到隧道，往隧道里看看。但她到那儿时，发现没有什么可看的。乔治不想一个人从那个黑乎乎的隧道口走进去，因此她从隧道正上方走了朱利安昨天晚上走的小路。但是半路她离开了小路，去看欧石楠丛中鼓出来的一个奇怪的包。

乔治把欧石楠丛中鼓出来的东西刮掉，发现底下有什么硬硬的东西。她想把那东西拉出来，但拉不动。提米还以为乔治在帮它刨野兔呢，赶紧过来帮忙。它在欧石楠丛下忙活，突然惊恐地吠叫了一声，然后就消失不见了。

乔治尖叫起来：“提米！你怎么了？你在哪儿？”

让乔治颇感宽慰的是，她听到提米在下面不远的地方汪汪吠叫。它在哪里呢？她又呼叫了一声，提米又答应了一声。

乔治用力拔欧石楠丛，突然知道那个奇怪的土堆是什么了。原来这是旧隧道加高的通风口，以前隧道里经常有火车来往，火车排放的烟雾就从这里袅袅升起。通风口被铁条封住了，但铁条生锈坍塌了，上面长了茂密的欧石楠。

“哎哟，提米，你一定是掉进通风口了，”乔治焦急地说，“还好不是很深，等一等，我看看怎样把你救出来。要是另外几个小伙伴在这里帮帮忙该多好啊！”

可是他们不在这里，乔治只能自己想办法去刨那些烂铁条。她刨了好长时间，终于把铁条周围清理干净，看到了提米掉下去的地方。

提米不停地低声短促地汪汪叫，好像在说：“我没事儿，我没受伤，我可以等！”

辛苦忙活一阵后，乔治坐下来歇息片刻。她肚子饿了，但是她告诉自己要等她下去找到提米以后才吃东西。于是她又迅速忙活起来。

乔治从坍塌的通风口艰难地往下爬去，生怕生锈的铁条承受不住她的重量而断裂。还好，铁条没断。

一进通风口，乔治就发现有大铁钉钉成的凸出来的台阶，有些铁钉上还有细细的横档。显然，这是以前供人爬出通风口的梯子。大部分的梯级都不见了，但那些支撑梯级的铁钉仍然钉在圆形通风口的砖墙里。乔治听到提米轻声吠叫，现在她离提米很近了。

乔治小心翼翼地沿着大通风口往下爬。她的脚碰到了提米。提米掉落在一堆断铁条上，铁条被一截旧铁梯卡住了，从铁梯上伸出来，形成了一个粗糙的平台，接住了掉下去的提米。

“哎哟，提米，”乔治惊恐地说，“怎样才能把你从这里救出去啊？通风口一直连到隧道里呢。”

乔治没法儿把提米拉出通风口，也不可能让它爬下铁梯。提米绝对爬不下去，特别是铁梯上很多梯级都没有了。

乔治绝望了。“哎呀，提米！我为什么要发脾气，赌气离开小伙伴们，自个儿来探险呀？提米，你千万别掉下去啊，要不然会摔断腿的。”

提米可不想掉下去，它害怕极了。不过到目前为止，它那神奇的降落平台看上去还很稳固。它趴着一动不动。

“提姆，听着，”乔治终于开口了，“我唯一能想出

来的办法就是从通风口爬下去，看看这里有多深。说不定隧道里有人帮忙呢！不，别傻了，不可能有人。不过，说不定我可以找到一根旧绳子或随便什么东西，可以用来救你下去。哎呀，天哪，这真是一场噩梦啊！”

乔治拍了拍提米，以示安抚，然后用双脚去探铁梯级。还好，下面的梯级都在，她一点一点地爬下去，没费什么劲就迅速来到了隧道里。乔治打开随身携带的手电筒，吓得差点惊叫起来。

就在她身边，悄无声息地停着一列火车！她差不多可以摸到火车头了。这可能就是幽灵火车吗？乔治盯着火车，呼吸急促起来。

火车看起来非常老旧，而且过时了。这列火车比她熟悉的火车小一点——火车头和车厢小一点，烟囱长一点，轮子也跟普通火车的不一样。借着手电光，乔治盯着静默的火车，脑子里一团乱麻。她真的蒙了！

这一定是幽灵火车！前天晚上它从这条隧道开出去，然后又开回来了。它没有穿过隧道去基尔蒂调车场，因为朱利安在隧道那头蹲守，没看到它从那头出去。不，它到这里来了，来到了黑咕隆咚的隧道中间，停在这里，等到夜幕降临又可以开动了。

乔治打了个激灵。这是好多年以前的火车！晚上开火车的人是谁啊？有火车司机驾驶吗？抑或无人驾驶，它记得过去的岁月和往日开过的路线？不，别傻了，火车不会思考，也没有记忆。乔治摇晃了一下，想起了提米。

就在这时，可怜的提米从铁条上失足掉了下来！它探出身子倾听乔治的动静，脚打滑了，现在从通风口急速坠落！它哀号了一声。

提米掉在一截梯子上，缓冲了一下，不过又继续往下掉。它四肢扑腾，希望抓住点什么东西以保住性命。

乔治听到提米的哀号声，知道它掉下来了。乔治被吓呆了，动弹不得。她站在通风口底下，宛如一座雕塑，连呼吸都停止了。

提米砰的一声掉在乔治身边，哀鸣了一声。乔治一眨眼就蹲了下去，跪在它身边。“提米，你受伤了吗？你还活着吗？呜，提米，叫一声吧！”

“汪！”提米叫了一声，四条腿颤颤巍巍地站了起来。它刚好掉在一堆柔软的烟灰上！多年的烟熏让通风口的墙壁挂满了烟灰，风雨把烟灰打落在地，日积月累，在墙边积成了一堆。提米不偏不倚，扑通一声掉落在灰堆中间，差点被烟灰埋葬。它使劲地甩身

子，烟灰落了乔治一身。

乔治不知道身上落满烟灰，也不在乎尘灰满面。她抱着提米，脸蛋上和衣服上跟烟灰一样乌黑！她摸了摸，发现了那堆救了提米性命的柔软的烟灰。

“这是烟灰！我是从通风口的另一边下来的，不知道烟灰在这里。啊呀，提米，你运气真好啊！我还以为你会摔死，或者至少失去半条命呢。”乔治说。

提米舔了舔乔治满是烟灰的鼻子，它不喜欢烟灰的味道。

乔治站起来。她不想再从这个吓人的通风口爬上去，而且，提米无论如何也爬不上去。唯一能做的就是从隧道走出去。之前她没想过穿越隧道，怕万一碰到幽灵火车，但现在幽灵火车就在这里，近在眼前，而她一心想着提米的安危，把幽灵火车给抛到脑后了。

提米来到机车前，嗅了嗅车轮，然后跳进驾驶室。提米的此番举动驱走了乔治所有的恐惧。如果提米能够跳上幽灵火车，那她也没什么可害怕的了！

乔治决定查看一下车厢。一共有四节车厢，都盖得好好的。她打着手电，爬上其中的一节，随后把提米拉上车。乔治以为车厢里空无一物，以为车上的货

物好多年以前就被早已不知姓名的铁路职工卸载了。

但是车厢里装满了箱子！乔治很惊奇。为什么幽灵火车装着箱子跑来跑去呢？她的手电照在一个箱子上，然后赶紧灭了手电！

乔治听到隧道里有响动，赶紧抓住提米的项圈，蹲在车厢里仔细倾听。提米也侧耳聆听，颈背的毛竖了起来。

他们先是听到“哐当”一声，接着是“邦”的一声，然后看到有灯光亮了起来，隧道骤然亮如白昼！

灯光来自隧道一侧的一盏大灯。乔治通过车厢的一道缝隙小心翼翼地往外窥视。她看到这里一定是隧道分岔的地方，一条岔道通往基尔蒂调车场，另一条岔道应该被封堵了吧？乔治的目光追随着铁轨，一条铁轨从隧道通往基尔蒂调车场，另一条径直通向一大面墙，那面墙拦住了第二条隧道，原先那条隧道通往罗克调车场。

“没错，就像那个老搬运工告诉朱利安的那样，隧道被封死了。”乔治暗自思忖。接下来的一幕让乔治惊呆了，她紧紧地抓住车厢的一边，简直不敢相信自己的眼睛。

眼前的一部分墙体徐徐打开！她眼睁睁地看着中

间的一大面墙体徐徐向后滑动。它退啊退，一直退到一个奇怪的洞口，洞口嵌在厚厚的墙里，洞口的大小跟火车差不多。乔治倒吸了一口凉气。究竟会发生什么事呢？

一名男子从洞口走过来，乔治确信她在什么地方见过此人。他来到机车前，纵身跳进驾驶室。

接着从驾驶室传来各种各样的声音。那人在干什么呀？他在点火发动火车吗？乔治不敢去看。现在她浑身哆嗦。提米紧贴着她，安抚她。

接着又一阵响声传来，那是蒸汽的声音。那人一定是准备发动引擎了。烟囱冒出烟来。有更多响声传来，还有当啷声和哐当声。

乔治忽然想到，也许那个人打算把火车从那面砖墙的小洞口开进去。那么，假设他把墙体又合上，乔治就被关在里面了！她将躲在车厢上，车厢藏在墙后，那面墙将被合上，那她就插翅难逃了。

“趁现在还来得及，我必须下车，”乔治惊慌地想，“千万不要被那人发现！”

乔治正准备下车，这时引擎“突突突”地大声响起来，火车开始倒车了！火车沿着轨道倒了一小截，然后又往前开，这回车轮驶上了通往第二条隧道的轨

道，隧道那面墙上的小洞口清晰地展现了出来。

乔治可不敢从正在移动的火车上跳下去，因此她蹲在车厢上。机车快速朝墙上的洞口开去，那面墙正好跨过另一条隧道。洞口的大小跟机车正好合适，一定是为火车量身打造的！火车经过洞口时，乔治想道。

火车径直穿过洞口，进入另一条隧道，这里也有一盏明亮的灯。乔治从缝隙里往外偷窥，发现这里不仅仅是一条隧道！隧道两边就像两个巨大的洞穴，往前伸展，里面有人懒洋洋地或躺着或站着。他们到底是谁？他们用那列旧火车干什么？

火车后面有奇怪的响声，厚厚的砖墙上的那个洞口再次关闭！现在无路可进也无路可出了。“这就像《阿里巴巴与四十大盗》里的‘芝麻开门’一样，”乔治心想，“跟阿里巴巴一样，我在岩洞里，而且不知道怎么出去！谢天谢地，有提米跟我在一起！”

现在火车停下来了，车后是厚厚的砖墙。紧接着，乔治发现车前也是一堵厚厚的墙！这条隧道一定是两头都封死了，中间是这个非同寻常的巨大的洞穴。乔治绞尽脑汁，苦苦思索这到底是什么奇怪的地方，但是百思不得其解。

“啊呀！我跟你真的在幽灵火车上，藏在它的隐

身地，世界上谁也找不着。要是他们知道了会怎么说啊？”乔治低声问提米，“提米，我们怎么办呀？”

提米小心地摇了摇尾巴，它不明白这一切。它要按兵不动，静观其变。

“提米，我们要一直等到那些人离开，也就是说，如果他们离开的话！”乔治对提米耳语，“然后我们就下车，看看能不能打开那个‘芝麻开门’的入口，然后离开这里。我们最好把这里发生的事情都告诉拉菲先生。这里很奇怪很神秘——我们懵懵懂懂，误打误撞地进来了！”

想一想吧

1. 乔治找到幽灵火车了吗?
2. 火车有几节车厢?
3. 车厢上装了什么东西?

第十六章　再进隧道

乔克在营地可开心了。他跟大家在户外享用午餐，跟他们吃得一样多，显得很兴奋。拉菲先生也来了，乔克对他笑脸相迎，觉得他是真正的朋友。

“乔治呢？”拉菲先生问大家。

“自个儿走了。”朱利安回答。

“你们是不是吵架了？”拉菲先生问道。

“是这么回事吧，”朱利安说，“拉菲先生，我们得让乔治自个儿消化。她就是这样。”

“她去哪儿啦？”拉菲先生边说边吃了一个番茄，“为什么不回来吃午饭呢？”

“她带了午饭，”安回答，“不过，我还是有点儿担心她。希望她平安无事。”

拉菲先生显得很担心。“我也有点担心，”他说，“还好，她有提米做伴儿。”

“我们打算去探探险，”大家吃完午饭后，朱利安说，“拉菲先生，您打算干什么？”

“我想跟你们一起去。”拉菲先生的回答出乎小朋友们的意料。听到这话，孩子们心情沮丧。如果拉菲先生跟他们一起去，他们就不可能去隧道里寻找幽灵火车了。

“先生，这个，我觉得我们的探险对于您来说没什么好玩的。”朱利安弱弱地说。不过，拉菲先生领会了朱利安的暗示，意识到那天下午他不受孩子们欢迎。

“好吧，”他说，“既然这样，我就留在这里消磨时间吧。”

孩子们舒了一口气。乔克帮着安收拾东西，然后大家带上下午茶，跟拉菲先生道别后就出发了。

乔克兴高采烈。跟大家在一起他真开心，他憧憬着晚上在营地睡觉的感觉，那将多有意思啊！继父来找乔克时，拉菲先生那么袒护乔克，老爷子真好！去旧火车调车场的路上，他跟在三兄妹后面，一路开心地蹦蹦跳跳。

木腿萨姆照旧在调车场转悠。孩子们向他挥手，可他没有向孩子们挥手，而是冲孩子们挥舞着拳头，用沙哑的嗓音对他们怒吼：“你们给我走开！你们这是

非法入侵。别下来，不然我就撵你们走！”

“好吧，那我们就不下去了，”狄克笑着说，“可怜的老人，就凭那条木腿，还想来追我们，我们不会给他这个机会的。我们沿着这里走，然后爬下去，到了铁轨，再顺着铁轨走到隧道。”

他们就是这么干的，把可怜的萨姆气坏了。他大呼小叫，直到声音嘶哑喊不出来。但孩子们充耳不闻，在铁轨上快速前进。他们走近隧道，隧道口看起来圆圆的、黑乎乎的。

“现在我们将完整穿越这条隧道，看看那天晚上从隧道里开出来的幽灵火车在哪里，”朱利安说，“我在隧道的另一头没看见它开出来，因此它一定停在隧道中间的某个地方。”

“如果真是幽灵火车的话，它可能会消失得无影无踪。”安一点儿也不喜欢隧道黑黢黢的样子。听到这话，其他孩子大笑起来。

“它不会消失的，”狄克说，“我们会在某个地方发现它，把它仔细检查个遍，看看它究竟是什么，为什么这么神出鬼没。”

他们走进漆黑的隧道，打开手电筒，眼前的一小段路有隐约的闪光。他们走在两条铁轨中间，朱利安

打头，时刻警惕着任何火车形状的东西！

铁轨一直往前延伸，孩子们的声音在悠长的隧道里回响，听起来怪怪的。安紧跟着狄克，后悔跟着来了。这时她想起乔治喊她胆小鬼，于是她昂起头来，决心不要流露出恐惧。

乔克的嘴巴几乎没停过。“我这辈子从来没干过这种事。在黑黢黢的隧道里寻找幽灵火车，对于我来说，这是名副其实的探险。这感觉太爽了，我简直浑身打战。真希望我们能找到火车，它一定在隧道里的某个地方！”

三个男孩走啊走，但没看到火车的踪影。他们来到通往第二条隧道的岔路口，那条隧道原先通往罗克山坳。朱利安用手电筒照了照横贯第二条隧道的巨大砖墙。

“没错，隧道真的被封得严严实实的，”他说，“所以，只剩这条隧道可以探索了。走吧。”

他们继续往前走，压根不知道乔治和提米就在砖墙后，藏在幽灵火车的一节车厢里！他们沿着铁轨走啊走，根本没发现任何有意思的东西。

他们看到前面不远处有一小圈明亮的光线。“看到了吗？”朱利安说，“那里一定是这条隧道的尽头了，

那是去往基尔蒂调车场的隧道口。唉，如果火车不在这里和基尔蒂调车场之间，那它就消失了！”

他们默默走完余下的一截隧道，来到外面。基尔蒂调车场到处建满了工场。通往隧道的入口无人问津，杂草丛生，有些野草甚至爬过了铁轨。

“那么，已经有很多年没有火车开出这条隧道了，”朱利安看着茂密的杂草说，“要不然车轮会把杂草碾断的。”

“真奇怪，”狄克大惑不解，“我们穿过了隧道，隧道里根本没有火车，可是我们知道火车从隧道里开出开进。火车到底怎么了？”

“它是幽灵火车，”乔克兴奋得满脸通红，“一定是的。它只是在晚上才从它多年前行驶的轨道出来。”

“我可不喜欢这么想，”安苦恼地说，“这种想法太恐怖了。”

“现在我们怎么办呢？”朱利安问道，“我们的探险好像失败了，没有找到火车，没有什么可看的，只有一条空空的隧道。这是多么平淡无奇的探险结果啊。”

“我们原路返回吧。”乔克提议。他要充分利用这次探险机会，看看还能发现点什么。“我知道这次也可能找不到火车，不过很难说！”

“我不想再走隧道了，”安说，“我要留在外面，在阳光下面。我从隧道上面过去，走那天晚上朱利安走过的那条小路，你们仨可以原路返回，在隧道那头跟我会合。”

“也好。”朱利安说完，三个男孩消失在漆黑的隧道里。安从小路跑上隧道顶。回到外面的感觉真好啊！那条隧道真可怕！她开心地一路往前跑，很高兴能出来见到阳光。

安迅速走到隧道的另一头，坐在调车场上面的小路上等候大家。她用目光寻找木腿萨姆，但没看到他。也许他在小木屋里吧。

安到那里还不到两分钟，让她惊异的事情就发生了。有一辆汽车颠簸着从起伏不平的小路徐徐驶入调车场！安坐直身子仔细一看，惊讶得眼珠子都要掉出来了。一个人从汽车上下来，啊呀，那个人是——肯定是安德鲁斯先生，乔克的继父！

安德鲁斯先生走到萨姆的小屋，猛地推开门。安能听到他们的说话声。接着她听到另一阵响声，是一辆重型卡车驶来的声音。安看到卡车小心翼翼地从陡峭不平的小路开下去，径直开进一座破败不堪的旧棚舍，停在那里，接着从卡车上下来三名男子。安盯着

他们看。她在哪里见过他们？

“当然了！他们是乔克家的农场雇工！”她想，“可是，他们来这里做什么呢？真奇怪啊！”

安德鲁斯先生跟三人汇合。安惊愕地发现，他们开始沿着铁轨往隧道走去了！安紧张得心脏都差点停止跳动了。天哪，朱利安、狄克和乔克正在穿越隧道，他们还在隧道里呢！他们会跟安德鲁斯先生和他的手下正面遭遇，那接下来会发生什么事啊？安德鲁斯先生警告过他们，他也明令禁止乔克去隧道。

安眼睁睁地看着四个人走进远处的隧道口。她该怎么办？怎么给男生们发警报？不行啊！她只能在这里等他们出来，他们可能会被狂怒的安德鲁斯先生和其他人追赶。啊，天哪！要是他们被逮着了，可能会被狠狠地数落一顿！她能做点什么呢？

“我只能等了，没有别的办法。”安可怜巴巴地想，“唉，你们快出来啊，朱利安、狄克和乔克。除了等你们，我什么也不敢做啊。”

安等啊等。现在早就过了下午茶时间了。茶点在朱利安那儿，因此安没有东西可吃。没有人从隧道里走出来，也没有一点儿声音。最后，安决定下去问问木腿萨姆。于是，小姑娘胆战心惊地往调车场走去。

萨姆阴沉着脸在小木屋里喝热可可。很明显，出了什么事。安的身影经过门口时，他立刻挥舞着拳头站起来。

“什么，又是你们这帮小鬼！今天下午你们进了那条隧道，于是我去给安德鲁斯先生打电话，让他把你们统统抓起来，谁叫你们多管闲事。你是怎么从那条隧道里出来的？别的孩子跟你在一起吗？安德鲁斯先生怎么没有抓住你，嗯？”

安惊恐万状地听着这番话。原来老萨姆真的设法给安德鲁斯先生打电话了，说他们的坏话，于是乔克的继父就带人来抓他们了。这下更糟糕了。

“你给我进来，”萨姆向她挥舞着粗壮的胳膊，突然说，“你给我过来。我不知道其他孩子在哪里，但我会抓住你们当中的一个！”

安尖叫一身，拔腿飞奔。木腿萨姆在后面追了几码，然后放弃了。他弯腰抓了一大把煤渣向安砸去，煤渣像雨点一样散落在安的前后左右，安跑得更快了。

安飞快地爬上了小路，到了欧石楠丛中，然后迅速回到了荒原。她抽泣着，上气不接下气。“啊呀，朱利安！啊哟，狄克！你们出什么事了？啊，乔治呢？要是她回家了该多好啊，她会勇敢地跑去救他们，可

是我没有勇气啊。我必须告诉拉菲先生，他知道该怎么办！”

安跑啊跑，不时被茂密的欧石楠丛绊倒又爬起来。现在她的脑子里只有一个念头：找到拉菲先生，把所有的事情都告诉他！没错，她要把幽灵火车和所有的事都一五一十地告诉他。现在整件事都很蹊跷很严重，她需要大人帮忙。

安一路跌跌撞撞。“拉菲先生！哦，拉菲先生，您在哪儿？拉——菲——先生！”

但是拉菲先生没有答应。安来到一簇荆豆丛前，以为那就是庇护营地的荆豆丛。但是，唉，营地不在那儿。安迷路了！

“我迷路了。”安说完，她的眼泪顺着脸颊往下滚。“可是，我不能害怕，现在我必须努力找到正确的小路回去。哦，天哪，我完全迷路了！拉——菲——先生！”

可怜的安继续磕磕绊绊地瞎转悠，希望能回到营地，时不时地呼唤一声：“拉菲先生，您听到了吗？拉菲——菲先生！”

想想吧

1. 拉菲先生跟孩子们去探险了吗?

2. 安跟男生去探险了吗?

3. 安在小路上等候几个男生时,
看到谁去火车调车场了?

第十七章　惊人的发现

此时此刻，那三个穿越隧道原路返回的男孩怎么样了呢？他们慢悠悠地查看轨道，看看最近是否有火车开过的痕迹。隧道里没有阳光，空气不流通，杂草很少，因此他们从杂草看不出什么端倪。

但是，当他们快走到一半时，朱利安注意到一个有趣的现象。“快看哪，”他边说边用手电照了照前后的轨道，“看到了吗？我们身后的铁轨黑乎乎的，生锈了，但是这里这截铁轨亮铮铮的——就好像经常有火车开过。”

朱利安说得没错。他们身后的铁轨集满尘垢，锈迹斑斑，有些地方弯曲变形了。但他们身前那段延伸到隧道口、通往奥利调车场的铁轨却光滑锃亮，就好像有火车轮子经常碾过似的。

“奇怪，”狄克说，“好像幽灵火车只是从这里开往

奥利调车场，然后返回。不过，为什么呢？现在它到底在哪儿呢？它消失得无影无踪了！”

朱利安跟狄克一样百思不得其解。如果火车不在隧道里，它可能在哪里呢？火车明明开进隧道中间停了下来，但现在它开到哪里去了呢？

“我们去隧道口，看看这一段铁轨是不是都很光亮，”朱利安终于开口了，“我们在这里不会有什么发现，除非火车突然出现在我们眼前！”

三个男孩继续往隧道前方走，手电照射着眼前的轨道，边走边热烈地交谈，没发现有四个人以黑暗为掩护，正埋伏在隧道边的小壁龛里等着他们呢。

“呃，我想……”朱利安话还没说完就打住了，有四个黑影突然猛扑向三个男孩，紧紧地抓住他们。朱利安喊了一声，想要挣脱，但抓他的人力气太大了，他逃脱不掉。他们的手电筒摔到地上，朱利安的摔烂了，另两个掉在地上，光束笼罩着六只使劲挣扎的脚。

不到 20 秒钟，三个男孩统统被抓住，胳膊被拧到身后。朱利安使劲地踢蹬，但抓他的人凶狠地拧他的胳膊，他痛得哀号了一声，不再踢腾。

“喂！这是怎么回事啊？”狄克问道，“你们是谁啊？这是怎么回事呀？我们只是三个在探索一条旧隧

道的小孩子，这有什么妨碍吗？”

“把他们都带走。”三个男孩立刻听出来这是谁了。

“安德鲁斯先生！是您吗？”朱利安叫喊道，“放了我们。您认识我们啊，我们是宿营地的孩子啊。乔克也在呢。您这是干什么呀？”

安德鲁斯先生没答话，但他一个耳光向乔克的右脸扇过去，可怜的乔克差点被打倒在地。

四名男子把三个男孩转到前面，推推搡搡地押着他们往隧道中间走。大家都没有手电筒，隧道里黑黢黢的，三个男孩跌跌撞撞地往前走着，不过四名男子显得步履稳健。

过了一会儿，他们停了下来。安德鲁斯先生离开他们，朱利安听到他往左边走了。接着传来奇怪的响声：砰的一声，哐当一声，接着是刺耳的东西滑动的吱嘎声。这是怎么回事啊？朱利安睁大眼睛，但眼前漆黑一片，什么也看不见。

朱利安不知道安德鲁斯先生正在打开砖墙，火车就是穿过这面墙消失的；他也不知道他跟另外两个小伙伴被推搡出了第一条隧道，穿过墙上那个神奇的洞，进入了另一条隧道。三个男孩在黑暗中被推搡着往前走，不敢反抗。

现在，他们来到了两面墙之间这段神秘的地带，砖墙横跨第二条隧道与第一条隧道交汇的地方，幽灵火车悄无声息地停在这里。当然了，没有人知道乔治就在这里，她跟提米依然躲在其中的一节车厢里！连安德鲁斯先生都没想到有个小姑娘和一条狗正躲在附近的车厢上偷听呢！

安德鲁斯先生打开手电，照了照三个男孩的脸。尽管他们装出一副很勇敢的样子，但还是觉得很害怕。这里太奇怪了，这一切太出乎意料了，他们根本不知道自己现在在哪里。

“有人警告过你们不要去那个调车场，”其中的一个声音说，“有人告诉过你们那个地方很凶险。现在应验了吧。你们不听警告，就得吃苦头！我们要把你们绑在这里，直到我们把活儿干完，也许三天，也有可能三个星期！”

“喂，你们不能把我们一直绑在这里！”朱利安感到震惊，“啊呀，会有人到处找我们的！他们一定会找到我们的。”

“哦，他们找不到你们，”那个声音说，“没有人会在这里找到你们。好了，彼得斯，把他们绑上！”

三个男孩被彼得斯结结实实地绑住了胳膊和腿，

勉强靠墙坐着。朱利安再次抗议：

“为什么绑我们呀？我们对你们没有任何妨碍，对你们的任何事都一概不知！”

“我们不能冒险。”那不是安德鲁斯先生的声音。那声音坚决强硬，出离的恼怒。

“那妈妈怎么办啊？”乔克突然对继父说，“她会担心我的。”

“哼，让她担心去吧，”安德鲁斯先生还没来得及回答，那个声音又说，“都是你自找的，有人警告过你了。”

三个男孩听到四名男子的脚步声离开，之前听到过的声音再次传来，那是墙上的洞被关闭发出的声音，但他们不知道，也想象不出。响声停止了，死一般的沉寂，漆黑一片。三个男孩侧耳倾听，确定四名男子都走了。

“唉！畜生！他们到底要干什么？”朱利安低声说，一边试着挣脱手上的绳索。

“他们有见不得人的秘密，”狄克说，“哎哟，他们把我的脚绑得太紧了，绳子都勒到肉里去了。”

“接下来会发生什么事呢？”这是乔克胆战心惊的声音。此时此刻，这趟冒险对于他来说似乎不是那么精彩了。

乔治给三人松绑

“嘘！”朱利安突然说，“我听到有什么响动！”

他们躺下来仔细倾听。他们听到了什么？

“那是……是狗在呜咽。”狄克突然说。

没错，是提米跟乔治在车厢里。提米听到了熟悉的男孩们的声音，想去他们那里，但乔治还不确定那几名男子是不是都走了，依然抓着提米的项圈。想到她不再孤单，她的心脏欢快地跳动着。三个男生，也许还有安——在那里——跟她和提米一样，在这个奇怪的地方。

男孩们仔细倾听，呜咽声再次传来。接着乔治松开了提米的项圈，提米纵身跳出车厢，在黑暗中直奔男孩们，脚步轻盈急迫。朱利安感觉到一条湿漉漉的舌头舔着他的脸，一个热乎乎的身躯磨蹭着他，还有一声轻轻的吠叫告诉他来者是谁。

“提米！嗨，狄克，这是提米！”朱利安兴奋地大声说，“它是从哪里来的？提米，真的是你吗？”

“汪！”提米应了一声，接着舔了舔狄克和乔克。

“那乔治在哪儿呢？”狄克疑惑地问道。

“我在这儿呢。”乔治应声从车厢里爬出来，拧亮手电筒，朝男孩们走来。“到底出什么事了？你们是怎么到这儿来的？你们被逮着了，还是怎么的？”

“是的，”朱利安说，“可是，乔治，我们这是在哪儿？你也在这儿，你在这儿做什么？这就像一个奇怪的梦！”

“我先把你们的绳子割断，再跟你们解释吧。”乔治说完拿出锋利的小刀，一下子就把绑住男生的绳索都割断了。他们都坐在那里，一边揉着酸胀的脚踝和手腕，一边痛苦地呻吟。

“乔治，太谢谢你了！现在我感觉好多了，”朱利安边说边站起身来，“我们这是在哪儿呀？哇，那是火车头吗？它在这儿干什么？”

“那个啊，是幽灵火车，朱利安！”乔治大笑着说，“是的，是幽灵火车，真的。”

“可是我们走遍了隧道，从隧道另一头出去，没找到幽灵火车啊，”朱利安困惑不解地说，“真是不可思议啊。”

“听着，朱，”乔治说，“你知道第二条隧道砌了砖墙封堵的地方，对吧？呃，有一截墙就像‘芝麻开门’一样移回去，穿过那面墙就可以进入那条隧道了！幽灵火车可以从铁轨穿过那个洞，过了那面墙后就停下来，那堵墙又会重新合上，墙上的洞又封上了。”

乔治打开手电扫射四周，让男生看看他们刚才穿

过的墙，他们很惊讶。接着，她照到对面的一面高墙。“看到了吗？”她说，“有两面墙横跨第二条隧道，两面墙之间有很宽敞的空间，幽灵火车就藏在这儿！很聪明，是吧？”

“如果我能看出这里面的玄机的话，这应该是个很聪明的主意，”朱利安说，“可是我看不出来啊。谁会深更半夜来开一列笨拙的幽灵火车啊？”

“这就是我们要搞清楚的，”乔治说，“现在机会来了。朱利安，你看隧道两边凸出来的这些洞穴，这些可是隐藏的好地方！”

“藏什么呀？”狄克说，“我不明白！”

乔治把手电光转向三个男生，问了一个突兀的问题：“嗨，安呢？”

“安嘛！她不想跟我们从隧道原路返回，所以她从隧道上面的荒原跑回去了，准备在奥利调车场那头的隧道跟我们汇合，”朱利安说，“我们没出现，她会很担心吧。我唯一的希望就是她不要从隧道里走进来跟我们汇合，要不然她会遇上那些人。”

大家都很担心。安讨厌隧道，要是有人在黑暗中袭击她，她会吓坏的。朱利安转向乔治。

“用你的电筒照一照四周，我们看看这些岩洞吧。

现在这里好像没人了，我们可以到处看一看。”

乔治用手电扫射四周，朱利安看到隧道两边挖了巨大的岩洞，明显深不可测的大岩洞从隧道两边伸出去。乔克则看到了别的东西。借着手电筒的光，他看到墙上有个闸，也许这个闸可以打开墙上的洞。

他走过隧道，把闸放下，隧道里立即亮堂起来。原来他发现了电灯开关。突然而至的强光刺得他们直眨眼睛。

“这样好多了，”朱利安高兴地说，“乔克，你真棒！现在我们可以看清楚了。”

朱利安看着旁边静静地停在铁轨上的幽灵火车。火车看上去无疑非常老旧，早就被人遗忘了，似乎是上个世纪而不是本世纪的产物。

“这个家伙可以进博物馆了，”朱利安兴致勃勃地说，“这就是我们晚上听到的轰隆轰隆进出隧道的家伙了——幽灵老伙计！”

“我刚才就藏在那节车厢里。”乔治用手指着说，接着跟他们讲了她的冒险经历。男生们简直不敢相信她就藏在幽灵火车上，轰隆轰隆地进了这个秘密据点！

“来吧，现在我们来看看这些洞穴。”狄克说。他们到了最近的一个岩洞，这里堆满了各种各样的板条

箱和纸盒子。朱利安揭开一个箱子，吹了一声口哨。

“我想这些都是黑市货。看这里，一箱箱的茶叶，一箱箱的威士忌，还有白兰地，一盒盒的货物——天知道是什么东西！这是一个地道的黑市窝赃点！”

男生再往前查看，发现价值成千上万英镑的值钱货物在岩洞里堆得高高的。

“我猜这些东西都是偷来的，”狄克说，“可是，他们怎么处理这些东西呢？我的意思是，他们怎么销赃呢？当然了，他们用火车把东西拉进来，藏在这里，但他们一定有什么办法把这些东西脱手。”

“当他们有足够的卡车时，会不会把东西重新打包装到火车上运回调车场，然后用卡车把货物拉走？”朱利安问。

“不会！”狄克说，“当然不是啦。让我想一想，他们把东西偷来，晚上把东西装到卡车上，把东西拉到某个地方暂时存放……”

“对了，运到我妈妈的农场！”乔克的声音中流露出恐惧。“原来仓房里的卡车是派这个用场的！他们趁着夜色把卡车开到奥利调车场，悄悄把货物搬到那列旧火车上，火车扑哧扑哧地出去接货，然后把货物运到这儿藏起来。”

“咻！”朱利安又吹了一声口哨。“乔克，你说到点子上了！就是这么回事儿。多么狡诈啊！他们利用一个非常本分的小农场作掩护，黑市分子化身农场劳工，难怪他们对农活一窍不通！等到夜里他们把货物拉到调车场，装到火车上，运到这里。”

“你继父干这个一定赚了大把的钱。”狄克对乔克说。

“没错。难怪他有钱砸在农场上，”乔克心酸地说，“可怜的妈妈，她要是知道了，会心碎的。不过，我认为我继父不是头儿，还有幕后主使。”

“是的，可能有人幕后操纵吧。”朱利安说着就想到了猥琐的安德鲁斯先生，矮小的个子，大大的鼻子和瘦削的下巴。“现在我想到了别的事情。如果这些货物要从任何别的路运出去，而不是来时的隧道，那么这些岩洞里一定有别的出路！”

“我觉得你说得对，”乔治说，“如果有的话，我们会找到的！而且，我们要从那条路逃出去！”

“走吧！”朱利安说完把耀眼的灯关了。“现在你的电筒足够亮了，我们先从这个岩洞开始吧。大家眼睛都睁大点哈！”

想想吧

1. 抓捕三个男孩的人埋伏在什么地方？

2. 是谁救了三个男生？

3. 乔克家的仓房里的卡车是派什么用场的？

第十八章　逃生之路

四个孩子和提米走进大岩洞。他们穿行于一堆堆的纸盒子、大木箱和板条箱之间，惊叹于洞里藏货之多，这些货物一定是那些人隔三岔五偷来的。

“这些岩洞是天然的，不是人工挖的，”朱利安说，“我想两条隧道交汇的地方的隧道顶可能确实坍塌了，两条隧道间的入口真的封死了。”

“可是，那时就砌了两面墙吗？”狄克问道。

“哦，没。我们没法儿猜出这个黑市窝赃点是怎么来的，”朱利安回答，“不过，也许有人知道这里有岩洞，也许哪一天有人进隧道勘探时，他们发现坍塌的隧道里还埋着一列旧火车什么的。”

“他们重新起用隧道，秘密砌了另一面墙，把这里作为隐藏地，把火车用作专列！”狄克说，“还建了那个秘密入口。真巧妙啊！”

“或许这个地方是二战时建的，”朱利安说，“也许有人在这里做秘密实验，后来这里废弃不用了。然后，也许这个地方被那些黑市分子发现了，他们把这个地方巧妙地利用了起来。我们也说不清！”

目前为止，孩子们已经在岩洞里转悠了好长一段了，除了装满各种货物的纸盒子和大木箱，他们没有任何有趣的发现。他们来到一堆码放得很整齐的纸盒子前，盒子用粉笔编了号，一个叠着一个。朱利安停下了脚步。

“看起来这些盒子要被转移到什么地方，”朱利安说，“盒子都按顺序码放，还编了号。出口想必在这附近吧？”

朱利安从乔治手里拿过手电，扫射四周，发现了目标。光束锁定了墙上一扇厚实又粗糙的木门。大家激动地向木门走去。

“这就是我们寻找的目标！”朱利安说，“这里十有八九是出口，出口通向荒原某个很荒凉的地方。那里离公路不远，卡车可以从公路上开下来接应从这里搬出去的货物！这片荒原有几条废弃的公路通向荒凉的荒原腹地。”

“他们安排得井井有条，”狄克说，“卡车满载货

物，停放在一个清白的农场里，他们等待合适的时机把货物运到隧道的岩洞里藏匿起来；火车趁着夜色开出去接货，把货物运回来藏在这里，等待风声过去；然后他们把这些货物从这扇门搬到来荒原接货的卡车上，卡车迅速把货物拉到黑市！”

“我告诉过你们，有一天深夜我发现彼得斯给库房上锁，对吧？”乔克激动地说，“这么说来，那时他的卡车一定满载着偷来的货物，第二天夜里他把货物转移到幽灵火车上了！”

“应该是这么回事。”朱利安试着把门打开，“嗨，这扇门丝毫推不动，真让我抓狂啊，我也没看到锁头。”

尽管门很粗糙，还是半成品，但很厚实。大家齐心协力使劲推门，但是门纹丝不动。四个孩子推得浑身燥热，气喘吁吁，只好放弃。

“你们知道我是怎么想的吗？”狄克说，“我想外面有什么东西把这扇可恶的门结结实实地卡住了。”

“一定是卡住了，你想到点子上了，”朱利安说，“而且门隐藏得很好——上面长满了欧石楠和欧洲蕨什么的，谁也不会发现。我想，卡车司机要接货时就从路上过来打开门，完了把门关上，卡好。”

“那么从这里没法出去了。”乔治失望地说。

“恐怕是的。”朱利安回答。乔治叹了一口气。

“老妹，累了吧？”朱利安慈爱地问道，“还是饿了？”

“又累又饿。”乔治说。

“对了，我们带了吃的，是吧？”朱利安说，“我记得有个人把我的包丢进来给我了。我们带来的下午茶还没吃呢。现在吃点东西怎么样？目前好像我们没法儿逃出去。”

“我们就在这儿吃吧，”乔治说，“我一步也走不动了！”

他们靠着一个大板条箱坐下。狄克打开背包，包里有三明治、蛋糕和巧克力。四个人欣慰地吃了起来，真希望有点喝的把食物送下肚子。朱利安一直挂念着安。

“不知道安怎么样了，”朱利安说，“我猜她会在外面等啊等，然后有可能走回营地。不过她不怎么熟悉路，可能会迷路。唉，不知道哪种情况对安更不利，是在荒原迷路呢，还是跟我们一起被困在这儿！”

“也许都不利吧。”乔克边说边把最后一口三明治给了提米。“我很高兴有提米跟我们在一起。说实话，乔治，当我听到提姆的呜咽声，然后听到你的说话声时，我不敢相信，我以为我一定是在做梦。”

吃完下午茶之后，他们在原地小坐了一会儿，然后决定回到隧道里停火车的地方。“说不定我们能找到‘芝麻开门’的开关呢，”朱利安说，“刚才我们就该找一找，真的，但我没想到。”

孩子们回到停火车的地方，火车静静地趴在铁轨上。现在看来这就是一列普通的旧火车，孩子们不明白之前他们怎么会觉得火车既怪异又吓人。

孩子们再次开灯，四处寻找操纵杆或者把手，看看能不能打开墙上的洞，但似乎什么也没有。他们试了几个开关，但是都没能打开。

这时乔治突然发现砖墙下方有一根很大的撬杠。她试着扳动撬杠，但扳不动。于是她喊朱利安：

“朱！快过来。不知道这个是不是打开那个洞的机关。”

三个男生来到乔治这里。朱利安试着把撬杠往下压，没有任何动静；他拉了拉撬杠，但撬杠还是纹丝不动；然后他跟狄克使出浑身的力气把撬杠往上推。

魔法显灵了，从什么地方传来“砰”的一声，像是有重物移动；接着是“哐当”的一声，像是有机器开动了；然后是刺耳的东西滑动的吱嘎声，一大面砖墙慢慢向后，接着往旁边移动，最后停了下来。逃生

之路打开了！

“芝麻开门！”洞口出现时，狄克欢呼。

“最好把这里的灯关掉，”朱利安说，“要是隧道里还有人，他们在远处可能会看到隧道壁反光，会起疑心。”

朱利安退回去把灯关了，这里又笼罩在黑暗中。乔治打开手电筒，微弱的光柱照亮了逃生之路。

“快走吧，往奥利调车场走。”狄克心急火燎地说。大家挤出洞口，开始沿着黑黢黢的隧道往前走去。

“听着，”朱利安低声说，“我们最好不要说话，尽量放轻脚步。我们不知道今晚可能有谁在隧道里或隧道外，可别跟人撞上了。”

因此他们缄口不言，一个紧跟着一个挨着铁轨边走。

他们走了还不到四分之一英里，朱利安突然停下了脚步，身后的小伙伴连环撞了上来。有人不小心踩到了提米的爪子，它轻轻地哀鸣了一声。乔治立即伸手抓住它的项圈。

四个小伙伴和提米仔细倾听，大气不敢出一口。隧道里有人正向他们走来！他们可以看到手电的光点，听到远处嘎吱嘎吱的脚步声。

“快，走另一个方向！”朱利安低声说。大家掉

头，换作乔克打头。他们悄悄地迅速往另一个方向赶，回到两条隧道交汇的地方，继续往基尔蒂调车场走，希望能从那个方向出去。

但他们的希望破灭了！隧道前方有一把提灯，他们不敢再往前走了。也许提灯那里没有人，但也可能有人。这可如何是好？

“他们会发现那面墙上的洞打开了！”狄克突然说，“我们留着洞口没关，那他们就知道我们逃跑了。他们会进隧道里来找我们，发现我们就在这儿，会把我们再抓起来！”

大家紧紧地挨在一起，站着一动不动。提米在喉咙里低吼。这时乔治想起了什么！

“朱利安！狄克！我们可以从我下来的那个通风口爬上去啊，”她低声说，“就是可怜的提米老兄掉下来的那个通风口。还来得及吗？”

“通风口在哪儿？”朱利安心急如焚，“快找到它。”

乔治努力回忆。想起来了，通风口在隧道的另一边，离两条隧道交汇的地方不远。她必须找到那堆烟灰，真希望手电微弱的光线不要被人发现。从奥利调车场走过来的人，现在一定快走到那里了！

乔治找到了提米掉下去的那堆烟灰。“在这儿呢，”

她低声说，“可是，啊呀，朱利安！我们怎么把提米带上去呢？”

“我们没法儿带提米了，”朱利安回答，“希望它能找个地方藏起来，然后找机会自己溜出隧道。它机灵着呢。”

朱利安先把乔治推上通风口，她的脚摸索到了第一级梯级。接着是乔克，他的鼻子几乎要贴到乔治的脚后跟了。然后是狄克，最后是朱利安。但朱利安还没来得及爬上第一级梯级，就出事了。

隧道里灯火通明，有人打开了那里的灯。提米悄悄溜到阴暗处，在喉咙里低吼。接着传来喊叫声：

“谁把墙上的洞打开了？洞打开了！谁在那儿？”

那是安德鲁斯先生的声音。接着传来另一个愤怒而响亮的声音：“谁在这儿？谁把这里打开了？”

“那些孩子不可能开动机关，”安德鲁斯先生说，“我们把他们绑得结结实实的。”

三名男子迅速穿过墙上的洞口。谢天谢地，朱利安趁机爬上了几级梯级。可怜的提米则被留在地面，躲在阴影里。

三名男子跑出来。“他们跑了！绳子被割断了！他们是怎么逃走的？我们从隧道这头走进来，基特在那

头守着，那些孩子一定在这里的什么地方。”

“也许藏在岩洞里，”另一个声音说，“彼得斯，你去看一看，我们在这儿搜查。”

几名男子到处搜查，他们不知道通风口就在附近的墙里。提米像个影子一样从他们身边溜走，他们也没发现。提米离他们远远的，只要有手电光照过来，它当即就趴下。

乔治稳步向上爬，每当碰到断裂的梯级，她就用脚摸索铁钉。接着她停了下来，有东西压住了她的头。那是什么呀？她伸手往头上摸到一些烂铁条，早上提米就是掉落在这些铁条上。它碰落了一些铁条，掉下来的铁条错落卡住了通风口。乔治爬不上去了。她试着移动铁条，但铁条又重又结实。而且，她担心动一下，上面所有的铁条都掉下来，大家都会受重伤。

“乔治，怎么了？为什么不继续往上爬呀？”紧跟在乔治下面的乔克问道。

“有铁条横插着卡住了通风口，一定是提米掉下来的时候掉落的，”乔治说，“我爬不上去了！我不敢用力扯这些铁条。”

于是乔克把消息传给下面的狄克，狄克又告诉下面的朱利安。四个人都停了下来！

“啊呀！”朱利安说，“要是我第一个上去就好了。现在怎么办啊？”

这可如何是好？破旧的通风口里有一股难闻的烟灰味，四个小伙伴悬在黑咕隆咚的通风口里，脚踩在破烂的梯级和铁钉上，着实难受。

“乔克，现在你觉得探险怎么样啊？”狄克问道，“你这时候大概希望躺在床上吧！”

“才不是呢！”乔克回答，“我无论如何也不会错过这次探险！我一直想过一把探险瘾，对这次探险我绝对没有半句怨言！”

想想吧

1. 孩子们找到打开洞口的机关了吗?

2. 孩子们从哪里逃生?

3. 孩子们逃出隧道了吗?

第十九章　精彩绝伦的历险！

此时此刻，安怎么样了？她呼喊着拉菲先生，一路跌跌撞撞。而拉菲先生正坐在帐篷外静静地看书呢。但是随着傍晚来临，接着夜幕降临，他着实担心起五个孩子来。

拉菲先生思忖该如何是好。去搜索荒原需要五六个人或者更多，一个人办不到！他决定开车去奥利农场，找农场的雇工帮忙。因此他出发了。

但是当他驱车来到农场时，他发现除安德鲁斯夫人和小女仆之外，没人在家。安德鲁斯夫人看起来手足无措，焦虑不安。

安德鲁斯夫人从屋里跑到拉菲先生的汽车旁，愁容满面。“您怎么了？”拉菲先生柔声问道。

“哦，拉菲先生，是您啊，我以前不认识您。”当拉菲先生自报家门时，她说，“拉菲先生，这里发生了

奇怪的事情。所有的人都走了，所有的卡车开走了，我丈夫也开车走了，谁也不告诉我这是怎么回事。我真担心啊！”

拉菲先生决定先不要把孩子们失踪的消息告诉她，免得增加她的烦恼。他假装来买牛奶。“别担心，”他宽慰安德鲁斯夫人，“我猜，明天早上起来，你会发现一切平安。到时我再来看您。现在我有急事，我得走了。”

拉菲先生困惑不解地开车走了，汽车一路颠簸。他知道奥利农场有些奇怪，也仔细琢磨过奥利调车场和幽灵火车的事，希望孩子们没有遇到什么危险。

“我最好开车下荒原去报警说他们失踪了，”他想，“毕竟，我或多或少要对他们负责。真让人担心啊！”

在警察局，拉菲先生把了解的情况都跟警察汇报了，机智的巡佐当即召集了六个警察，派了一辆警车。

“我们必须找到孩子们，”巡佐说，“还要调查这个奥利农场，先生，还有这些幽灵火车。我们知道有些事情有点蹊跷，但又查不出问题所在。不过我们首先要找到孩子们。”

他们迅速驱车上了荒原，六个警察分成扇形开始搜索，拉菲先生打头。他们第一个找到的是安！

安还在东跌西撞地奔跑，一边呼喊着拉菲先生，但现在声音很微弱了。当安在黑暗中听到拉菲先生呼喊她时，安喜极而泣。

“啊呀，拉菲先生！您必须救救几个男生，”安恳求他，“他们在那条隧道里，肯定被安德鲁斯先生和他的手下逮住了。我左等右等，但他们没出隧道！一定要去救他们啊！”

“我找来了几个朋友，肯定会去救他们的。”拉菲先生和蔼地说。他招呼几个警察，把安的话简短地转述给他们听。

“他们在隧道里吗？”一个警察说，“在幽灵火车出没的地方？好的，走吧，弟兄们，我们下去看看。”

“安，你留下吧。”拉菲先生说。但是安不愿意。于是拉菲先生背着安，跟着几个警察，警察穿过欧石楠往奥利调车场去了。他们悄无声息地直奔隧道，没有惊动木腿萨姆。拉菲先生和安远远地掉在后面，安不肯和拉菲先生留在调车场。

“不，我不是胆小鬼，真的，”她说，“我要帮忙救几个男生。要是乔治在这儿就好了。乔治在哪里呢？”

拉菲先生也不知道。安抓住拉菲先生的手，虽然很害怕，但是她竭力证明她不是胆小鬼。拉菲先生觉

得她很了不起！

与此同时，朱利安和三个小伙伴悬在通风口里好长时间了，他们又累又难受。几名男子到处搜他们却没发现人影，此时正在仔细搜索隧道两边的每一个壁龛。

当然了，他们发现了通风口！一个人把手电从通风口里往上照，照到可怜的朱利安的脚！那人大吼一声，朱利安吓得差点从他踩着的梯级上掉下去。

“他们在这里呢！在这个通风口里。谁会想到呢？快下来，要不然你们会更惨！”

朱利安没动。乔治拼命地推头顶的铁条，但还是推不动。一名男子爬上通风口，捉住朱利安的一只脚。

他抓住朱利安的脚使劲拽，朱利安的一只脚悬空。接着那人又把朱利安的另一只脚从梯级上拽开。那人使劲地拽着，朱利安双脚悬空，双臂吊着梯级，再也吊不稳了。他疲惫的双臂支撑不住，重重地掉落下来，一半身子砸在那人身上，一半身子掉在那堆烟灰上。另一个人立即扑向朱利安，与此同时，第一个人爬上通风口去抓下一个男孩。狄克很快就感觉到他的双脚也被拽住了。

“好啦，好啦，我下来！”狄克大声叫道，然后爬了下来，接着是乔克。几名男子愤怒地看着他们。

“害得我们一顿好找！绳子是谁解开的？”安德鲁斯先生粗暴地问道。一个人把手搭在安德鲁斯先生的胳膊上，朝通风口扬头示意：“还有一个人下来了，”他说，“我们不是只绑了三个男孩吗？那这个孩子是谁？”

当然了，这是乔治，她不想抛弃三个男生。她下来了，烟灰满面，跟黑夜一样漆黑的。

“还有一个男孩儿！”那人说，“他是从哪儿来的？”

“上面还有人吗？”安德鲁斯先生问。

“看一看不就知道了。”朱利安说完就挨了一记耳光，算是对他的回答。

“现在别对他们客气了，”彼得斯下令，“好好教训他们一顿，臭小子。把他们带走。”

孩子们心情沮丧。几个大人粗暴地抓着他们。唉！现在他们又要被关起来了。

突然，从隧道前方传来叫喊声：“警察！快跑！”

几名男子立即把孩子们的胳膊放下，站在那里不知所措。一个人飞奔进隧道。“告诉你们警察来了！”他大口喘气，“你们都聋了吗？有一大帮警察呢。快跑！有人告发我们了。”

“去基尔蒂调车场！”彼得斯大声喊道，“我们可以从那里开车。快跑！”

几名男子从隧道往基尔蒂调车场飞奔而去，孩子们听到他们沿着铁轨奔跑的脚步声。他们要逃之夭夭了！孩子们都愣住了。

乔治回过神来，大声呼喊：“提米！你在哪儿？提米，快去追他们！拦住他们！”

一个黑影从墙上的洞里冲出来，从孩子们跟前飞奔而过。提米一直躲在洞里观望，等待时机回到乔治身边。听到女主人的召唤，它遵命飞奔去追那几个坏蛋，就像一条灵缇[①]。它边跑边伸出舌头，大口喘气。

那些人就是欺负乔治和其他小伙伴的坏蛋，是吧？啊哈，提米知道怎么对付这种人！

警察跑来了，拉菲先生和安随后也跟上来了。

“他们往那边跑了，提米追上去了。”乔治大声喊道。警察看了看她，惊得倒抽一口凉气。只见她浑身上下乌漆墨黑，几个男孩也邋里邋遢。隧道壁上的灯还亮着，映照在几张烟灰满面的脸上。

“乔治！”安高兴地尖叫起来，“朱利安！啊，你们都平安无事吧？我回去给拉菲先生报信，然后我迷路了。真丢人啊！”

---

① 灵缇：身细长、腿长、毛滑、善跑的大赛犬。

“安，你没有什么好丢人的，”拉菲先生说，“你是个好姑娘！跟狮子一样勇敢！”

隧道前方传来那几个人的喊叫声，还有提米的汪汪声。提米在尽职工作呢！它追上了几个坏蛋，朝他们猛扑上去，把他们一个个重重地撂翻在地。发现一条大狗围着他们又是咆哮又是撕咬，他们吓坏了。提米把他们围困在隧道里，不许他们往前迈一步，谁敢靠近就咬谁。

警察跑来了，提米嘶吼得更凶了，让那几个坏蛋明白，他们休想从它身边逃走。眨眼之间，每一个坏蛋都被一双强有力的胳膊抓住了，警察吩咐他们安安静静地走。

他们走得一点儿也不安静。安德鲁斯先生精神崩溃，凄厉地哀号着。乔克真为他感到害臊。

“闭嘴，”一个魁梧的警察说，“我们知道，你只是别人的一个棋子，一个可怜的被别人利用的狗腿子罢了，拿了头目的封口钱，听他们指挥。”

提米叫了一声，好像在说：“没错，不许你叫他狗腿子！这个名字太抬举他了！”

“哎哟喂，我想我这辈子没见过比你们更脏的小孩了，”拉菲先生说，“我们都回到我的汽车上，我把你

们送到奥利农场去吃顿饭，洗个澡吧！”

于是，他们往回走，又累又脏，同时兴奋得不得了。

今晚可真够刺激啊！他们把所发生的一切都告诉安，安也把她的经历讲给大家听。安在车上一边说一边快要睡着了，她累坏了。

尽管安德鲁斯夫人听到丈夫被警察带走的消息感到很难过，但她通情达理，心地善良。她给饥肠辘辘的孩子们准备了晚餐和洗澡的热水。

“安德鲁斯夫人，不要太难过了，”拉菲先生体贴地说，“您丈夫需要吸取教训，唔，也许这件事会让他改邪归正的。农场是您的，现在您可以找些像样的雇工按照您的吩咐干活儿。而且我觉得，目前继父不在，乔克会更开心。”

“拉菲先生，您说得对，”安德鲁斯夫人边说边飞快地擦了一下眼睛，“非常正确。我会让乔克帮着我好好打理农场。一想到安德鲁斯先生居然跟那些黑市分子搅到一起，我就感到痛心！唉，这些事都是他那个朋友指使的，他太懦弱了。他知道乔克在打探那条隧道，所以就把乔克支走——要么给他带个男孩来让他陪着一起玩，要么让乔克陪他一起出门。我就知道这

五个黑黑脏脏的孩子睡着了

里面有什么猫腻。”

“难怪乔克心血来潮要来跟我们的小朋友露营时，他是那么担心。”拉菲先生说。

“那个旧调车场和那条隧道居然又被起用！”安德鲁斯夫人说，“还有所有那些有关幽灵火车的传言、他们隐藏火车的方式、藏匿所有的赃物，啊呀，这些听起来就像神话故事一样！”

安德鲁斯夫人说完，跑去看洗澡水是不是烧热了。水热了，她去隔壁的大卧室叫孩子们洗澡。她推开房门往里看了看，然后把拉菲先生叫上楼来。

拉菲先生也从门口往里瞅，只见五个孩子和提米挤成一堆躺在地板上，等着洗澡水烧热。孩子们身上太脏了，不肯坐到椅子或床上。他们坐着睡着了，脸庞跟烟囱一样黑。

“说到黑市分子！”安德鲁斯夫人轻声说，“别人还以为我们这间卧室里全都是呢！”

孩子们都醒了，一个接着一个去洗澡，然后饱餐了一顿，最后跟拉菲先生回到营地，乔克也跟着去了。

钻进睡袋里感觉真爽啊。乔治对三个男孩大声说：

“哎，今晚你们不许撇下我出去探险啊，听到了吗？”

“探险已经结束了。”狄克大声回答，“乔克，这次探险爽不爽啊？”

“爽不爽？”乔克满意地舒了一口气，说，“简直爽死了！”

想想吧

1. 安跑回营地了吗？
2. 有几个警察参与救援？
3. 警察在隧道里抓住几个坏蛋？

译后记

愉快的暑假开始了，朱利安、狄克、乔治、安和狗狗提米这五个小侦探跟着拉菲先生来到荒原露营。荒原上有个小农场；荒原下有隧道，经常有火车经过。孩子们发现山坳里有个废弃的火车调车场，看守人独腿萨姆吐露，晚上有“幽灵火车”从废弃的隧道里开出开进。放羊倌和乔克的继父安德鲁斯先生都警告孩子们不要去“凶险”的调车场，但几个小伙伴还是按捺不住一颗好奇的探险之心，决定去隧道一探究竟。

原来隧道是从事黑市交易的不法分子的窝赃点。朱利安、狄克和乔克在隧道里被那些不法分子抓住，独自探险、误打误撞发现了“幽灵火车”的乔治把三个男生救了出来，但在逃跑时再次被抓住，幸好警察及时赶到，救了四个孩子，抓住了不法分子。

沉着冷静的大哥哥朱利安，机智勇敢的狄克，个

性叛逆、不甘人后的乔治，善良懂事的安，爱憎分明的提米，这五个喜欢冒险的小侦探一定会陪伴小读者们度过一段美好、愉快的阅读时光。

黄林涛
桂林电子科技大学

译名对照表

	英文	中文
人名	Dick	狄克
	Anne	安
	Julian	朱利安
	George	乔治（乔治娜的昵称）
	Georgina	乔治娜
	Mr. Luffy	拉菲先生
	Tom Killin	汤姆 · 基林
	Wooden-Leg Sam	木腿萨姆
	Jock	乔克
	Burrows	巴罗斯
	Mrs. Andrews	安德鲁斯夫人
	Jock Robins	乔克 · 罗宾斯 （乔克的全名）
	Will	威尔
	Mr. Andrews	安德鲁斯先生
	Cecil Dearlove	塞西尔 · 迪尔罗夫
	Peters	彼得斯
	Tucky	塔基

续表

人名	Kit	基特
动物名	Timmy	提米（狗名）
	Tim	提姆（提米的昵称）
	Biddy	比迪（狗名）
地名	Olly’s Farm	奥利农场
	Crowleg Vale	鸦腿山坳
	Owl Farm	猫头鹰农场
	Endersfield	恩德斯菲尔德
	Olly’s Yard	奥利调车场
	Kilty Vale	基尔蒂山坳
	Roker Vale	罗克山坳

“五个小侦探”丛书

第一辑

1、《宝岛历险记》 米子 译

2、《再次大冒险》 孙精精 译

3、《离家出走》 杨盛梅 译

4、《走私者之峰》 庞贝 译

5、《马车出游历险记》 黄林涛 译

第二辑

6、《重返宝岛》 黄林涛 译

7、《幽灵火车》 黄林涛 译

8、《陷入大麻烦》 孙精精 译

9、《冒险的经历》 彭金玲 译

10、《一次远足》 欧阳耀地 译

图书在版编目（CIP）数据

幽灵火车 / (英) 伊尼德·布莱顿著 ; 黄林涛译
. -- 桂林 : 漓江出版社 , 2022.6
（“五个小侦探”丛书）
ISBN 978-7-5407-9236-7

Ⅰ. ①幽… Ⅱ. ①伊… ②黄… Ⅲ. ①儿童小说 - 长篇小说 - 英国 - 现代 Ⅳ. ① I561.84

中国版本图书馆 CIP 数据核字 (2022) 第 053160 号

YOULING HUOCHE
幽灵火车
［英］伊尼德·布莱顿 / 著
黄林涛 / 译
王珏 / 绘

出版人：刘迪才
丛书策划：沈东子　黄彦
责任编辑：谢青芸
书籍设计：石绍康
责任监印：张璐

出版发行：漓江出版社有限公司
社址：广西桂林市南环路 22 号　邮编：541002
发行电话：010-65699511　0773-2583322
传真：010-85891290　0773-2582200
邮购热线：0773-2582200
电子信箱：ljcbs@163.com
微信公众号：lijiangpress
印制：北京中科印刷有限公司
［北京市通州区宋庄工业区 1 号楼 101 号　邮编：101118］
开本：880 mm × 1230 mm　1/32
印张：8　字数：120 千字
版次：2022 年 6 月第 1 版
印次：2022 年 6 月第 1 次印刷
书号：ISBN 978-7-5407-9236-7
定价：36.00 元